KB267718

메시, 축구는 키로 하는 게 아니야

Lionel Andres Messi

내가 **꿈**꾸는 **사람** _ 축구 선수

초판 1쇄	2012년 03월 15일
개정판 5쇄	2023년 10월 31일

글	이형석
기획	이숙은
그림	민은정

편집	이세은
교정교열	염현정
마케팅	강백산, 강지연
표지 디자인	큐리어스 권석연
내지 디자인	애드디자인

펴낸이	이재일
펴낸곳	토토북
주소	04034 서울시 마포구 양화로11길 18 3층 (서교동, 원오빌딩)
전화	02-332-6255
팩스	02-6919-2854
홈페이지	www.totobook.com
전자우편	totobooks@hanmail.net
출판등록	2002년 5월 30일 제10-2394호
ISBN	978-89-6496-065-3 44890
	978-89-6496-027-1 44890 (세트)

사진 제공 _ 연합포토, 게티이미지코리아, FIFA 공식 홈페이지, 메시 공식 홈페이지

메시, 축구는 키로 하는 게 아니야

글 이형석

불가능, 그것은 아무것도 아니야!
Impossible is nothing!

세계 최고의 축구 선수 리오넬 메시를 알고 있나요? 키는 169센티미터로 작지만, 종횡무진 그라운드 위를 누비고 다니는 메시는 현세대를 넘어 역대 최고의 선수 중 한 명으로 손꼽히고 있어요. 비록 월드컵 정상에 오르지는 못했지만, 우리가 지금 '메시와 호날두의 시대'에 살고 있다는 사실에는 틀림이 없는 것 같아요.

하지만 메시가 펠레와 마라도나를 넘어 최고 중의 최고로 평가받기 위해선 '월드컵 우승'이란 마지막 숙제를 해결해야만 해요. 지난 2018년 러시아 월드컵에서 메시는 그 숙제를 끝마칠 수 없었어요. 아르헨티나는 메시라는 최고의 선수를 보유했지만, 우승팀 프랑스와 같이 훌륭한 11명의 선수들로 구성된 팀이 아니었기 때문이죠.

한 해 최고의 활약을 펼친 선수에게 주어지는 '발롱도르Ballon d'Or'

역대 최다 수상 기록(5회), 아르헨티나 대표팀 역대 최다 득점 기록
(56골), 스페인 라리가 통산 최다 득점기록(388골), 그리고 FC 바르셀
로나 역사상 최다 득점 기록(595골)까지. 이 모든 기록을 갈아치운
메시는 '살아 있는 전설'임에 틀림이 없는 것 같아요. 그리고 다가
오는 2022년 월드컵에서 마지막 도전을 하기 위해 지금도 구슬땀
을 흘리고 있죠.

자그맣고 평범해 보이는 메시의 힘은 대체 어디서 나오는 걸까
요? 호날두처럼 큰 키와 근육질의 몸을 가진 것은 아니지만 그라
운드 위에서 보여 주는 메시의 플레이는 믿기 어려울 정도로 폭발
적이에요. 마치 30여 년 전 세계 축구를 제패했던 디에고 마라도
나처럼 '작은 거인'이란 표현이 누구보다 잘 어울리는 선수죠.

앞으로 전하게 될 메시의 이야기는 여러분이 꿈을 향해 나아가

불가능, 그것은 아무것도 아니야!

는 데, 혹은 성공을 향해 첫걸음을 내딛는 데 길잡이가 될 수 있을 거예요. 메시의 축구 인생은 어떤 사람이 한 분야에서 성공하기 위해 필요한 과정을 가장 적나라하게 보여주고 있으니까요. 리오넬 메시라는 한 작은 소년이 세계 최고의 축구 선수가 될 수 있었던 밑바탕에는 무엇이 있을까요? 다섯 가지 키워드를 뽑아볼 수 있어요.

첫 번째 키워드는 바로 재능이에요. 메시는 뛰어난 축구 실력을 타고난 '천재 소년'이었어요. 메시는 배운 적이 없는데도 처음부터 드리블을 잘해 마치 공을 자기 발에 붙이고 뛰는 것처럼 보였죠. 요요처럼 말이에요. 메시를 지도한 FC 바르셀로나의 펩 과르디올라 전 감독은 이런 말을 남기기도 했어요. "리오넬 메시는 디에고 마라도나처럼 20년에 한 번 나올까 말까 한 천재 선수다."

두 번째 키워드는 시련이에요. 열한 살에 평균치를 한참 밑도는 127센티미터였고 그 후로 7년 동안이나 힘든 치료를 받아야 했어요. "천재는 시련을 이겨냄으로써 완성된다."라는 유명한 말처럼, 메시도 시련을 극복해냈기 때문에 지금의 위치에까지 오를 수 있었을 거예요.

세 번째 키워드는 열정이에요. 축구를 향한 순수한 열정은 메시가 시련을 이겨낼 수 있었던 가장 큰 원동력이었어요. 수학에 미쳐 있던 아인슈타인처럼, 혹은 음악에 미쳐 있던 베토벤처럼 메시에겐 오로지 축구밖에 없었으니까요. "천재의 열정은 불가능을 가능으로 만들 수 있다."는 말, 혹시 들어본 적 있나요? 이 말은 희귀병을 이겨내고 세계 최고의 축구 선수로 우뚝 선 소년, 리오넬 메시를 위해 존재하는 한마디일지도 모르겠어요.

불가능, 그것은 아무것도 아니야!

네 번째 키워드는 동반자예요. 메시가 만약 쓸쓸한 외톨이였다면 어린 시절의 시련을 이겨낼 수도, 지금처럼 크게 성공할 수도 없었을 거예요. 메시에겐 누구보다 든든한 가족이 있었고, 자신을 믿고 기회를 준 스승이 있었고, 또 훌륭한 동료 선수들과 친구들이 있었어요. 최고의 위치에 오른 사람에겐 언제나 믿음직한 동반자들이 함께하는 법이죠.

마지막 키워드는 환경이에요. 아무리 뛰어난 재능을 타고나도 좋은 환경 속에서 그 재능을 꽃피우지 못하면 성공하기 힘든 것이 사실이에요. 그런 면에서 메시는 재능과 함께 '복'을 타고난 선수인 것 같아요. FC 바르셀로나라는 세계 최고의 명문 구단에서, 그것도 뛰어난 재능을 갖춘 동료 선수들과 오랜 시간을 함께하고 있으니까요.

메시, 축구는 키로 하는 게 아니야

　자, 이제부터는 리오넬 메시의 축구 인생을 살펴보기 위해 여행을 떠나기로 해요. 그 전에 이제는 너무나 유명해져버린 메시의 아디다스 광고 문구를 한번 외쳐볼까요?

　"불가능, 그것은 아무것도 아니야! Impossible is nothing!"

unicef
PSG
BERENGUER
4

Lionel Andres Messi

저 아이와 당장 계약해야겠어

"천재는 99퍼센트의 노력과
1퍼센트의 영감으로 만들어진다."

– 토마스 에디슨(19세기 미국의 발명가)

멈출 수 없는
소년

"레오가 공을 몰고 달리기 시작하면, 아무도 그 녀석을 멈춰 세울 수가 없었죠.
수비수 10명이 달려들어도 소용이 없었어요. 레오는 타고난 천재였으니까요.
그 녀석을 멈추게 하는 건 불가능했어요."

어린 시절 메시를 지도한 아파리치오 감독

천재의 출생과 어린 시절에 대한 이야기는 언제나 흥미진진한 주제죠. 누구나 자신의 삶을 이끈 '결정적 순간'이 있게 마련이지만 세상을 바꾼 존재들에게는 그 순간이 언제, 어떻게 찾아왔는지 알고 싶을 때가 있지 않나요? 리오넬 메시는 '개천에서 용 난' 별종은 아니었어요. 아버지는 축구 선수 출신, 외가도 열렬한 축구 팬이었죠. 형들도 모두 축구를 했어요. 축구 가문의 DNA를 받고 태어난 아기 메시는 축구공과 어떻게 첫 대면을 했을까요? 함께 남미의 아열대 나라 아르헨티나로 가보도록 해요.

메시, 축구는 키로 하는 게 아니야

레오, 축구와 만나다

리오넬 메시Lionel Andres Messi는 1987년 6월 24일, 아르헨티나 북동부의 따뜻한 도시 로사리오Rosario˚에서 태어났어요. 아르헨티나는 남미에서 브라질 다음으로 큰 나라예요. 스페인과 이탈리아로부터 이주한 사람들과 남미 원주민들이 섞여 있는 전형적인 이민족 국가죠. 아르헨티나는 축구, 탱고, 혁명 이 세 가지로 유명하답니다. 밥보다 축구를 좋아하고, 열정적인 탱고를 즐기며, 체 게바라Che Guevara라고 하는 혁명가를 탄생시킬 만큼 가난에 시달리면서도 희망을 잃지 않고 사는 나라죠.

메시가 태어난 1987년은 아르헨티나 전역에 축구 열기가 가득한 해였어요. 바로 직전 해인 1986년 멕시코 월드컵에서 독일을 누르고 우승을 차지했기 때문이에요. 우리나라도 2002년 한일 월드컵에서 4강에 들자 그해와 다음해까지 축구 열기가 엄청났지요? 하물며 우승을 거머쥔 아르헨티나 사람들이라면 얼마나 축구에 흠뻑 빠져 있었을지 상상할 수 있을 거예요.

메시의 어머니 셀리아는 아르헨티나를 월드컵 우승으로 이끈

● **로사리오(Rosario)** 아르헨티나의 중부, 파라나 강 하류에 있는 항구도시. 상업이 발달하였으며 밀, 양털의 집산지이다. 금속·화학·피혁·제분 공업도 활발하다.

저 아이와 당장계약해야겠어

마라도나Diego Maradona의 열광적인 팬이었어요. 셀리아의 축구 사랑이 어느 정도였냐고요? 결혼한 해인 1978년에는 로사리오에서 열린 아르헨티나와 브라질의 월드컵 경기를 보는 것으로 신혼여행을 대신했으니까 더 이상 설명할 필요도 없겠죠. 이런 셀리아였으니 1986년 월드컵 우승을 지켜보면서 자신의 배 속에 있는 셋째아들을 '제2의 마라도나'로 만들겠다고 결심하는 건 자연스러운 일 아닐까요? 어쩌면 메시는 엄마 배 속에 있을 때부터 축구 선수가 될 운명을 타고났는지도 모르겠어요.

어린 시절 메시는 '레오'라는 애칭으로 불렸어요. 메시의 이름 '리오넬'을 부르기 편하게 줄인 거예요. 아르헨티나 사람들은 이렇게 누군가를 애칭으로 즐겨 불러요. 예를 들면 가브리엘이란 이름을 가진 남자 아이는 '가비', 루시아라는 이름을 가진 여자 아이는 '루시'라고 부르는 식이에요. 우리도 메시와 좀 더 가까워지기 위해 앞으로는 '레오'라는 애칭으로 불러보도록 해요.

레오는 세 살 때까지 축구보다 구슬치기에 더 관심이 많은 아이였어요. 다른 건 거들떠보지도 않고 만날 구슬만 가지고 놀았으니까요. 레오의 가방 안에는 친구들에게 딴 구슬이 항상 가득 차 있었어요.

그러던 레오가 처음으로 축구공을 만진 건 네 살 때였어요. 네 번째 생일날(우리 나이로는 다섯 살이죠. 이 책에 나오는 나이는 모두 만 나이 기준이에요.) 부모님이 빨간 다이아몬드 무늬가 새겨진 하얀 축구공을 선물했거든요. 아버지 호르헤는 축구공을 처음 가지고 놀던 레오의 모습을 이렇게 회상하고 있어요.

"이제껏 축구공에는 별 관심이 없던 레오가 처음으로 공을 향해 걸어갔어요. 그리고는 손이 아닌 발로 공을 갖고 놀기 시작했죠. '아, 이거구나!' 싶었어요."

아르헨티나에는 이런 이야기가 전해 내려온다고 해요. 어린아이가 처음부터 축구공을 손이 아닌 발로 갖고 놀기 시작하면, 그 아이는 축구 선수로 대성한다고요. 레오가 손이 아닌 발로 공을 갖고 놀자, 호르헤와 셀리아는 호기심 넘치는 눈으로 그 모습을 지켜봤어요.

"그날 이후 우리는 레오가 공을 갖고 노는 걸 관찰하곤 했어요. 공을 아주 자연스럽게 갖고 놀더군요. 하루는 레오와 형들을 데리고 길거리에 나가 축구를 했어요. 레오가 드리블을 하기 시작하자, 가족뿐만 아니라 온 동네 사람들이 놀래 자빠졌죠. 결코 난생 처음 축구를 하는 아이의 모습이 아니었어요. 레오는 확실히 재능을 타고난 것처럼 보였어요."

생일 이후로 레오는 축구에 재미를 붙이게 된 것 같아요. 단 하루도 거르지 않고 두 형과 함께 공을 갖고 놀았으니까요. 큰형 마티아스와 작은형 로드리고도 이미 지역 유소년 팀에서 선수로 활

저 아이와 당장계약해야겠어

동하고 있었지만, 레오의 재능은 유달리 뛰어났어요. 이런 셋째아들의 재능을 두 눈으로 확인한 호르헤와 셀리아는 커다란 기대를 갖기 시작했죠.

다섯 살 레오의 첫 번째 경기

레오가 본격적으로 축구를 시작한 팀은 '그란돌리'라는 작은 지역 팀이었어요. 이 팀은 큰형 마티아스와 작은형 로드리고가 소속된 팀이기도 했죠. 레오가 이 팀의 유니폼을 입고 활약하게 된 데에는 한 가지 재미있는 사연이 있어요.

다섯 살이 된 어느 여름날, 레오는 외할머니 손을 잡고 두 형이 축구하는 모습을 구경하기 위해 그란돌리 팀의 운동장을 찾았어요. 레오는 한구석에서 스탠드 쪽으로 공을 차고 있었죠. 때마침 그날은 1986년생 팀의 경기가 잡힌 날이었어요. 그런데 1986년생 팀의 한 주전 선수가 아무런 연락도 없이 경기장에 나오지 않았어요. 아파리치오 감독은 할 수 없이 레오에게 출전을 부탁했어요.

"자, 꼬마야. 이제부터 이 유니폼을 입고 운동장에서 공을 갖고 놀아보렴."

사실 외할머니는 이전부터 아파리치오 감독을 끈질기게 졸랐어요. 레오가 기막힌 실력을 갖고 있으니 한번 써달라고요.

메시, 축구는 키로 하는 게 아니야

레오는 다섯 살에 로사리오의 지역 팀인 '그란돌리'에서
축구를 시작했다. 또래에 비해 한 뼘이나 작은 레오.

이날 레오는 첫 정식 축구 경기를 치렀어요. 레오로선 그야말로 얼떨결이었죠. 하지만 알고 보면 레오를 데리고 다니면서 끈질기게 데뷔 기회를 엿본 외할머니의 인내심이 만들어낸 결과라고 볼 수 있어요.

어린 레오에게 11명과 11명이 대결하는 정식 경기가 익숙할 리 없었죠. 레오는 축구가 동료들끼리 서로 도와야 하는 '팀 스포츠'란 점을 전혀 이해하지 못하고 있었어요. 축구공이 발 앞에 떨어지면, 그저 하고 싶은 대로 갖고 놀기만 했어요. 아파리치오 감독은 레오의 모습을 보며 답답해서 가슴을 쳐야만 했어요. 그때의 심정을 훗날 이렇게 말했죠.

"레오는 멀뚱멀뚱 아무것도 하지 않았어요. 경기와 규칙에 대해 어떤 교육도 못 받았을 때였으니까요. 공이 멀리 있을 땐 경기 중에 딴짓도 하더라니까요. 오른발 앞에 공이 왔을 때에도 반응을 하지 않았죠. 레오는 왼발잡이였거든요."

하지만 레오는 곧 모두를 놀래게 만들었어요. 드디어 레오의 왼발 앞에 공이 굴러왔기 때문이었죠. 레오의 눈빛은 순식간에 변했고, 곧 질풍 같은 스피드로 상대 진영을 향해 질주했어요.

"왼발 앞에 공이 떨어지자 갑자기 돌변하더군요. 무서운 속도로 공을 몰고 달려갔어요. 1명, 2명, 3명이 순식간에 떨어져나갔죠."

아파리치오 감독은 흥분된 목소리로 이야기를 이어갔어요.

메시, 축구는 키로 하는 게 아니야

"나도 몹시 당황했어요. 그저 놀라서 '빨리 공을 차! 멀리 걷어차라고!' 소리만 치고 있었죠. 레오는 패스하는 법을 전혀 몰랐어요. 할 줄 아는 건 볼을 몰고 달리며 상대 선수를 제쳐내는 것뿐이었어요. 그런데 상대 선수가 도무지 레오의 볼을 빼앗지 못하는 겁니다. 레오는 본능적으로 수비수를 따돌리는 법을 알고 있었어요."

레오의 타고난 재능을 확인한 아파리치오 감독은 곧바로 정식 입단을 추천했어요. 마침내 다섯 살 소년 레오가 그란돌리 팀의 유니폼을 입고 정식으로 축구를 하게 된 거예요.

아버지 팀에서 뛰다니

레오가 그란돌리 팀에 입단한 지 1년 정도 후에 아주 기쁜 일이 생겼어요. 레오의 아버지 호르헤가 그란돌리 1987년생 팀의 감독으로 부임한 거예요. 레오는 아버지의 지도를 받을 수 있게 되었죠. 이제껏 제철 공장에서 일했지만 호르헤는 한때 프로축구 선수를 꿈꾸던 아마추어 선수 출신이었어요. 열세 살부터 군입대 직전까지 뉴웰스 팀에서 선수 생활을 했었죠. 그는 어린 선수들을 가르칠 수 있는 지도자 자격증도 갖고 있었어요.

그 무렵 여섯 살이 된 레오는 패스는 물론 축구 경기의 규칙을 완벽하게 이해하게 되었어요. 레오를 중심으로 똘똘 뭉친 1987년생

저 아이와 당장계약해야겠어

팀은 정규 경기에서 한 번도 패하지 않는 놀라운 기록을 세웠어요. 레오는 이 팀에서 '작은 전설'을 만들어나갔죠. 호르헤가 이끌고 레오가 주축이 된 1987년생 팀은 그야말로 천하무적이었어요.

"레오는 두세 살 많은 형들보다 뛰어난 실력을 갖고 있었어요. 내가 감독으로 있을 때, 레오를 앞세운 1987년생 팀은 단 한 차례도 경기에서 패하지 않았죠. 심지어 작은 친선경기들까지도요."

호르헤는 감독으로서 자신의 팀에, 그리고 아버지로서 자신의 아들에게 커다란 자부심을 느꼈어요.

어느 정도 기본 훈련을 마쳤을 즈음 호르헤는 레오를 더 큰 무대로 보내야겠다고 결심하게 되었어요. 목표는 로사리오 지역의 최고 명문 팀인 뉴웰스 올드 보이스Club Atletico Newell's Old Boys였죠. 그때는 이미 레오의 두 형도 그란돌리 팀을 졸업하고 뉴웰스 유소년 팀 소속으로 활약하고 있었어요.

뉴웰스는 호르헤 가족에게는 아주 특별한 팀이에요. 호르헤 자신이 뉴웰스 출신이었기 때문에 가족 모두 오래전부터 뉴웰스 팀을 열렬히 응원하는 서포터*로 활동하고 있었죠. 레오의 돌잔치에 이모와 삼촌들이 사준 선물이 뉴웰스 올드 보이스 팀의 축구 셔츠

● **서포터(supporter)** '지지자, 후원자'라는 뜻으로, 스포츠에서 특정 스포츠 팀의 팬을 의미한다. 축구에서는 오직 하나의 팀을 응원하는 특수한 조직을 뜻한다. 주로 특정 지역 주민이 자신의 지역을 대표하는 축구팀을 응원하는 형태로 나타난다.

메시, 축구는 키로 하는 게 아니야

였을 정도니까요. 그야말로 열성적인 뉴웰스 팬들이었어요. 뉴웰스는 디에고 마라도나, 가브리엘 바티스투타, 아리엘 오르테가 등 기라성 같은 스타 선수들이 거쳐 간 아르헨티나의 명문 팀이에요.

호르헤의 추천을 받은 뉴웰스의 스카우트 팀은 레오를 데리고 한 달가량 강도 높은 테스트를 실시했어요. 볼 감각, 스피드, 축구 지능까지 레오는 만족할 만한 재능을 갖추고 있었죠. 이런 레오가 입단 테스트를 통과하는 것은 그리 어려운 일이 아니었어요.

레오는 곧 뉴웰스 1987년생 팀의 주축 선수로 자리 잡았어요. 1996년 페루 국제축구대회에서는 뜨겁게 언론의 주목을 받기도 했죠. 레오에겐 특히 공을 땅에 떨어뜨리지 않고 공중에서 갖고 노는 대단한 기술이 있었어요. 작은 꼬마 아이가 경기 전에 이 기술을 선보이자 사람들은 "레오! 레오!"를 합창하며 하프타임에도 보여달라고 외쳐댔죠. 레오는 스탠드를 따라 운동장 한가운데까지 이 기술을 선보이며 내려가기도 했어요. 그야말로 페루의 스타가 된 거예요.

발 기술만 좋았느냐고요? 당연히 아니죠. 레오의 맹활약에 힘입어 뉴웰스 1987년생 팀이 이 대회 우승을 차지했거든요. 당시 뉴웰스의 1987년생 팀을 이끌었던 베치오 감독의 말을 들어볼까요?

"레오가 뛰던 1987년생 팀은 정말로 강력했어요. 레오 이외에도 포르미카, 로다스, 빌리와 같은 천재적인 소년들이 있었죠. 물론

저 아이와 당장계약해야겠어

레오는 그중에서도 특출한 실력을 갖고 있었어요. 도대체 뭘 가르쳐야 할지 모를 정도로 대단했죠. 어떤 경기에서는 상대 팀 선수의 절반을 따돌리고 득점한 적도 있으니까요. 우리 팀 선수들 몇몇은 공을 만져보지도 못했어요."

레오는 어느덧 뉴웰스 유소년 팀의 간판스타로 언론의 주목을 받기 시작했어요. 뉴웰스 1987년생 팀에겐 '기계군단'이란 별명이 붙었죠. 로사리오 지역의 대표적인 일간지《라 캐피탈 La Capital》에는 이러한 기사가 실리기도 했어요.

"리오넬 메시는 뉴웰스의 미래를 책임질 앞길이 창창한 소년이다. 이 소년은 상대 팀의 모든 수비수를 제치고 골을 넣을 수 있는 놀라운 재능을 지녔다. 그는 축구를 즐기고 있다."

냅킨
계약서

“별로 많은 시간이 필요하지 않았습니다. 7~8분 정도 경기를 보고 난 뒤
마음을 굳힐 수 있었어요. 레오는 아주 작은 체구였지만
몸놀림과 머리 회전이 굉장히 빨랐어요.
열세 살에 레오는 기술적으로 이미 완성된 선수였어요.”

메시 영입을 추진했던 FC 바르셀로나의 렉사치 기술 고문

이 책을 읽고 있는 여러분은 ‘리오넬 메시’ 하면 어떤 모습이 가장 먼저 떠
오르나요? 아마도 스페인 명문 구단 FC 바르셀로나의 유니폼을 입고 뛰
는 모습이겠죠? 레오는 소년 시절에 FC 바르셀로나 소속으로 선수 생활
을 시작했고, 지금도 팀의 간판선수로서 맹활약하고 있어요. 레오가 FC
바르셀로나에 몸담은 지도 벌써 19년째. 뉴웰스의 천재 소년은 어떻게 지
구 반대편의 바르셀로나로 건너가게 됐을까요?

저 아이와 당장계약해야겠어

비디오 속의 소년

레오는 뉴웰스 1987년생 팀에서 놀라운 활약을 이어나갔어요. 한 시즌에 100골을 기록하기도 했죠. '기계군단'이란 별명이 붙은 레오의 1987년생 팀은 페루에 이어 칸톨라오 국제축구대회에서도 우승을 차지했어요. 그 뒤로도 챔피언십, 토너먼트, 친선경기 등 우승 기록을 이어갔죠.

레오의 소문은 빠르게 유럽으로 퍼져나갔어요. 이 소문을 듣고 가장 재빨리 움직인 인물은 FC 바르셀로나의 스카우트 에이전트 조셉 마리아 만구엘라였어요. 만구엘라는 레오의 활약상이 담긴 비디오테이프를 들고 FC 바르셀로나의 기술 감독 렉사치를 찾아갔어요. '칼리'라는 애칭으로 불리던 렉사치는 탁월한 안목을 갖고 쓸 만한 선수들을 골라내기로 유명한 사람이었어요. 만구엘라의 오랜 친구이기도 했죠.

"칼리, 이 소년을 좀 보게나. 마치 마라도나와 같은 폭발적인 재능을 타고난 것 같지 않나."

레오의 비디오를 본 렉사치는 입을 딱 벌리고 말았어요. 비디오의 주인공은 이제 겨우 열세 살에 키도 또래보다 한 뼘은 작은 땅꼬마였던 거예요. 작은 소년이 벼룩처럼 통통 뛰면서 골을 넣는 솜씨에 렉사치는 그만 반하고 말았죠.

"정말로 놀라웠습니다. 비디오를 보자마자 이 소년을 꼭 FC 바르셀로나로 데려와야겠다고 생각했어요. 쉬운 결정은 아니었죠. 고작 열세 살짜리 소년과, 그것도 스페인이 아닌 남미 출신 소년과 계약을 맺는다는 자체가 클럽 정책과 안 맞는 일이었으니까요."

렉사치는 스페인 국가대표팀의 유명한 공격수 출신이었어요. 자신이 뛰어난 선수 출신이기 때문에 재능 있는 선수도 예리하게 알아볼 수 있었죠. 렉사치는 레오의 비디오테이프를 여러 차례 돌려본 후 더욱 확신을 가지게 되었어요.

"만약 비디오 속의 그 소년이 올바른 자세와 정신력을 갖고 있다면, 10년쯤 후에는 축구계를 뒤흔들 수 있을 거라 확신했습니다. 그래서 영입을 서둘렀죠."

아, 성장 장애가 마음에 걸려

렉사치는 매우 치밀한 기술 고문이었어요. 비디오 내용만으로는 선수를 제대로 판단할 수 없었기 때문에 직접 레오가 경기하는 모습을 보고자 했어요. 이 때문에 레오와 호르헤는 바르셀로나로 건너가게 되었죠. 때는 2000년 9월 17일, 레오의 나이 열세 살이었어요.

도착한 바로 다음 날부터 일주일 동안의 테스트가 레오를 기다

저 아이와 당장계약해야겠어

리고 있었어요. 유소년 팀에 합류해 경기를 치르는 것 자체가 테스트였어요. 실전에 투입해서 선수의 체력, 경기력, 잠재력을 모두 점검하는 방식이었죠. 레오는 놀랍게도 모든 경기마다 득점을 올렸어요. 모두의 예상을 뛰어넘는 결과였죠. FC 바르셀로나 코치진은 술렁이기 시작했어요.

레오는 나이가 많은 청소년 팀과도 한 차례 더 경기를 치러야 했어요. 렉사치와 FC 바르셀로나 코치진들이 지켜보는 가운데 치러진 유소년 팀과 청소년 팀의 이 친선경기에서도 레오는 빛나는 재능을 마음껏 발휘했어요.

"별로 많은 시간이 필요하지 않았습니다. 7~8분 정도 경기를 보고 난 뒤 마음을 굳힐 수 있었어요. 레오는 아주 작은 체구였지만 몸놀림과 머리 회전이 굉장히 빨랐어요. 열세 살에 레오는 기술적으로 이미 완성된 선수였어요."

렉사치가 만구엘라에게 이렇게 외쳤죠.

"저 아이와 당장 계약해야겠어!"

하지만 생각보다 일은 잘 풀리지 않았어요. 렉사치의 강력한 추천에도 불구하고 FC 바르셀로나 구단은 선뜻 레오의 영입에 나설 수 없었어요. 레오의 '성장 장애' 때문이었어요. 레오는 열한 살이 되던 1998년에 성장호르몬 분비에 이상이 있다는 진단을 받았고, 그 후 계속 호르몬 치료를 이어오고 있었죠.

　레오는 이제껏 아르헨티나의 의료보험회사와 사회보장단체, 그리고 소속 팀 뉴웰스로부터 치료비를 지원받고 있었어요. 그런데 2000년 이후로 치료비 지원이 어려워지자 호르헤는 레오를 위해 결단을 내렸죠. 치료와 축구를 계속할 수 있도록 FC 바르셀로나에서 치료비 전액을 지원한다면 바다 건너 스페인으로 옮겨도 좋다고 말이에요.

　사실 이 돈은 명문 구단 FC 바르셀로나에겐 그리 큰 액수가 아니었어요. FC 바르셀로나의 걱정거리는 정작 돈이 아닌 레오의 몸 상태였어요.

　"레오의 실력은 분명 훌륭합니다. 장차 세계 최고의 선수가 될 수 있는 재능을 갖고 있어요. 하지만 성인이 되어도 키가 150센티미터에 머무를 가능성이 있습니다. 이는 프로 선수로 활약할 수 없는 신체 조건이에요."

　FC 바르셀로나 구단의 회장 가스파르트는 망설였고, 호르헤의 실망감은 커져만 갔어요. 계약이 차일피일 미뤄지고 있었기 때문이죠.

　하지만 렉사치는 달랐어요. 레오를 놓치고 싶지 않았으니까요. 여러 전문의들과 레오의 상태를 놓고 진지하게 상담했어요. 그 결과 꾸준히 치료만 한다면 성장에 문제가 없을 거란 답변을 받아낼 수 있었죠.

저 아이와 당장계약해야겠어

"회장님, 리오넬 메시라는 소년을 반드시 영입해야 합니다. 만약 지금 이 소년을 라이벌 팀 레알 마드리드에게 넘겨준다면, 우리의 실수는 역사 속에서 영원히 잊히지 않을 겁니다."

"일단 여기에 사인하시죠"

어느덧 두 달이란 시간이 흘렀고, 레오의 가족은 지쳐갔어요. 결국 호르헤는 레오를 받아줄 새 팀을 찾아나서기로 했죠. FC 바르셀로나와 함께 스페인에서 쌍벽을 이루는 명문 팀인 레알 마드리드도 그중 하나였어요.

이때까지도 렉사치는 끈질기게 구단주를 설득하고 있었고, 경쟁 팀에게 레오를 뺏길까 봐 미리 레오 가족을 찾아왔어요. FC 바르셀로나의 최종 결정이 내려질 때까지 조금만 기다려달라고 양해를 구하려 했죠. 하지만 레오 가족은 더 이상 FC 바르셀로나를 믿을 수가 없었어요. 호르헤의 생각은 확고했죠.

"우리는 레알 마드리드와 이야기를 시작했습니다. 더 이상 FC 바르셀로나만을 기다리고 있을 수는 없습니다. FC 바르셀로나는 우리에게 믿음을 보여주지 않았어요."

"조금만 기다려주십시오. 회장님이 곧 결정하실 겁니다. 레오의 실력에는 모두가 믿음을 갖고 있어요."

“그럴 수는 없습니다. 두 달이나 기다렸어요. 레알 마드리드가 레오에게 믿음을 보여준다면, 우리는 그쪽과 계약할 겁니다.”

다급해진 렉사치는 레오 가족의 마음을 붙잡기 위해 기지를 발휘했어요.

“저기, 호르헤 씨. 일단 여기 있는 냅킨에 사인을 하시죠. FC 바르셀로나가 리오넬 메시를 영입하겠다는 계약서를 여기에 쓰도록 하겠습니다. 모든 책임은 제가 질 거예요.”

휴지 조각에 입단 계약서를 작성하다니! 렉사치의 행동이 참으로 민첩하고 과감하지 않나요? 이 같은 렉사치의 열정적인 태도는 단번에 호르헤의 마음을 움직였어요. 호르헤는 렉사치가 내민 ‘냅킨 계약서’가 완벽한 믿음의 표시라고 생각했죠.

“그때 정말로 다급해 보였어요. 한참 고민하더니 갑자기 냅킨 한 장을 내밀며 여기에 계약서를 쓰자고 하더군요. 처음엔 웃음이 나왔지만, 진정 레오를 원한다는 걸 느낄 수 있었죠. 그때 적은 냅킨 계약서는 아직도 제가 간직하고 있습니다. 우리 가족에겐 소중한 보물과도 같으니까요.”

뉴웰스의 천재 소년 리오넬 메시가 FC 바르셀로나 유니폼을 입게 된 사연, 이젠 궁금해하지 않아도 되겠죠?

저 아이와 당장계약해야겠어

제2의
마라도나

"향후 100년간 마라도나와 같은 선수는 두 번 다시 나타나지 않을 것이다."

1997년 마라도나 은퇴 후 다수의 신문 기사

누구나 인정할 만한 세계 축구의 전설로 3명 정도를 꼽을 수 있어요. 브라질의 펠레, 아르헨티나의 마라도나, 네덜란드의 크루이프죠. 그중에서도 디에고 마라도나는 가장 최근까지 활약한 대선수인데다 아르헨티나 출신이라 레오를 말할 때 항상 거론되는 이름이에요. 1986년 월드컵을 아르헨티나의 우승으로 이끌었고, 이탈리아 프로축구 세리에 A의 나폴리 소속으로 유럽 무대를 휩쓸기도 했죠. 아르헨티나 출신의 이 자그마한 축구 천재는 누구에게 그 자리를 물려주었을까요?

마라도나의 후계자는 누구?

1990년대의 스타였던 마라도나가 은퇴하자 곧이어 '제2의 마라도나'라고 불리는 선수들이 하나둘 나타났어요. 작은 키에 뛰어난 드리블 실력을 갖춘 선수들에겐 하나같이 이런 수식어가 붙었죠. 아르헨티나 사람들의 마라도나에 대한 사랑이 얼마나 대단했는지는 메시의 부모님 이야기를 통해 앞에서 잠깐 했었죠?

그중에서 가장 먼저 유명세를 탄 선수는 리베르 플라테 River plate 의 '당나귀' 아리엘 오르테가였어요. 리베르 플라테는 아르헨티나의 명문 프로축구팀 중 하나로 꼽히는 곳이죠. 오르테가는 1998년 월드컵에서 아르헨티나를 8강까지 이끌었지만, 아쉽게도 마라도나처럼 우승 트로피를 들어 올리진 못했어요.

그 후에도 가야르도, 리켈메, 아이마르, 사비올라, 테베스와 같은 선수들이 제2의 마라도나로 주목받았지만, 누구도 마라도나가 했던 것처럼 아르헨티나를 우승으로 이끌어주지는 못했죠. 아르헨티나 사람들은 기다림에 지쳐갔어요.

"앞으로 영원히 마라도나 같은 선수는 나타나지 않을 거야."

누군가가 이렇게 탄식하면 모두들 고개를 끄덕일 뿐이었어요. 1986년 월드컵 우승을 마지막으로 20년 넘게 한 번도 월드컵 정상에 오르지 못하자 아르헨티나 사람들의 마라도나를 향한 그리움

저 아이와 당장계약해야겠어

은 더욱 짙어만 갔어요. 심지어 일부 축구 팬들은 2002년 월드컵에도, 2006년 월드컵에도 '디에고 마라도나'라고 쓴 현수막을 들고 대표팀을 응원했을 정도니까요.

이렇게 축구 팬들이 열렬히 마라도라를 그리워하고 있을 때, 마치 기적처럼 나타난 선수가 레오였어요.

스페인 언론들이 먼저 움직였죠. FC 바르셀로나 청소년 팀 소속으로 놀라운 활약을 선보이고 있던 레오를 '제2의 마라도나'라고 부르기 시작한 거였어요. 하지만 정작 아르헨티나 사람들의 반응은 냉담했어요.

"또 시작이군. 제2의 마라도나는 없어. 끝이라고."

정작 아르헨티나가 술렁대기 시작한 건 2005년 세계청소년대회에서 레오가 속한 팀이 우승하고 난 직후였어요. 이어서 2005-2006 시즌에 열여덟 살의 레오가 FC 바르셀로나의 주전을 꿰차자 아르헨티나 언론들은 들끓기 시작했어요. 첼시와의 유럽 챔피언스 리그 16강전에서 레오가 호나우지뉴보다 뛰어난 활약을 선보였을 때, 결국 아르헨티나 신문들은 이렇게 쓰고 말았죠.

"드디어 진정한 제2의 마라도나가 나타났다. 주인공은 FC 바르셀로나의 주전인 열여덟 살 소년 리오넬 메시다."

메시, 축구는 키로 하는 게 아니야

마라도나의 붕어빵 메시

레오는 그저 작은 키와 드리블 실력만 비슷한 다른 제2의 마라도나들과는 완전히 달랐어요. 모든 면에서 마라도나와 닮은꼴이었죠. 레오가 169센티미터, 마라도나가 166센티미터이니 키가 우선 비슷했어요. 왼발잡이라는 것도 공통점이고요. 또 왼쪽, 오른쪽으로 자유롭게 방향을 전환하는 드리블 솜씨와 정확한 패싱력, 폭넓은 움직임까지, 레오는 마라도나의 붕어빵과도 같았어요.

그러던 레오가 모두를 진정으로 놀라게 만든 건 2007년 4월, 헤타페*와의 국왕컵 준결승전에서였어요. 무려 5명의 상대 수비수와 골키퍼까지 제쳐내고 골을 성공시킨 레오의 모습은 정말로 마라도나 같았거든요. 이 골은 마라도나의 '전설의 골'과 매우 비슷했어요. 1986년 월드컵 때, 잉글랜드와의 8강전에서 마라도나가 터뜨린 그 골 말이에요. 수비수를 제쳐내는 모습과 움직이는 동선, 그리고 골키퍼를 따돌릴 때의 위치까지 판에 박은 듯 닮아 있었죠.

<hr>

● **헤타페(Getafe Club de Fútbol)** 스페인 프리메라리가의 축구 클럽. 1983년에 창단되었고, 마드리드의 지방 도시 헤타페에 연고를 두고 있다.

저 아이와 당장계약해야겠어

2007년 헤타페와의 경기에서 레오는 마라도나의 '전설의 골'을 그대로 재현했다.
1986년 월드컵 당시, 마라도나는 62미터를 돌파한 뒤 골을 성공시켜 '전설의 골'을 만들어냈다.

스페인과 아르헨티나 언론들은 들썩였어요.

"디에고 마라도나가 1986년 잉글랜드를 상대로 '전설의 골'을 성공시켰을 때, 사람들은 아무도 그 골을 재현해낼 수 없을 거라 말했다. 하지만 열아홉 살 청년 리오넬 메시는 그 골을 마치 비디오테이프를 틀듯이 똑같이 재현해냈다."

"리오넬 메시는 진정한 제2의 마라도나이며, 앞으로의 축구 역사를 바꿀 것이다."

"우리는 앞으로 리오넬 메시를 '메시도나'라고 부를 것이다. 그는 마라도나의 DNA를 이어받은 세계 최고의 축구 선수다."

마라도나와 레오의 골이 대체 얼마나 비슷하기에 그렇게 호들갑이었냐고요? 모두들 놀라지 마세요. 레오는 마라도나와 똑같이 62미터의 거리를 질주했고, 똑같은 숫자의 상대 선수(골키퍼까지 6명)를 따돌린 후 골을 성공시켰어요. 레오도 마라도나와 같이 중앙선의 우측 지점에서부터 달리기 시작했고, 골키퍼를 오른쪽으로 제쳐냈어요. 정말로 비디오테이프를 다시 틀어놓은 것 같은 득점이었죠!

얼마 후 레오는 다시 한번 마라도나의 전설을 연출해 사람들을

저 아이와 당장계약해야겠어

놀래게 했어요. 에스파뇰*과의 리그 경기에서 마라도나의 '신의 손'을 재현해낸 거예요. 1986년 잉글랜드전에서 마라도나는 손으로 골을 넣었지만 심판은 그걸 발견해내지 못했죠. 몹시 절묘해서 심판도 발견하지 못한 거였어요. 그러고는 "신의 손이 골을 넣었다."라는 유명한 말을 남겼죠. 마라도나의 이 한마디 때문에 손으로 넣은 반칙 골에 '신의 손'이란 이름이 붙게 된 거예요.

레오 역시 에스파뇰을 상대로 손을 사용하여 골을 넣었고, 심판은 그걸 발견하지 못했죠. 골키퍼를 앞에 두고 점프하는 모습, 손을 쓰는 동작까지 레오의 골 장면은 마라도나의 '신의 손'과 너무나도 비슷했어요. 물론 겸손한 레오는 신의 손이 골을 성공시켰다는 투의 뻔뻔한 말을 입에 담진 않았지만요.

이 사건이 있은 뒤 사람들은 레오를 제2의 마라도나로 인정하지 않을 수 없었어요. 레오는 마라도나의 진정한 붕어빵이었죠.

전설은 10년에 한 번씩 태어난다

레오는 FC 바르셀로나에서 최고의 선수로 우뚝 섰지만, 아직 마

<hr>

* **에스파뇰(RCD Espanyol de Barcelona)** 스페인 프리메라리가의 축구 클럽. 1990년에 창단되었고, 바르셀로나에 연고를 두고 있다.

메시, 축구는 키로 하는 게 아니야

라도나와 같은 전설의 반열에 오르진 못했어요. 레오의 나이가 아직 젊은데다 월드컵 우승이란 과제를 해결하지 못했기 때문이에요. 지금까지 레오는 2006년과 2010년에 두 번의 월드컵에 출전했지만, 모두 8강에서 탈락하는 아픔을 겪고 말았죠.

"최고의 재능은 10년에 한 번씩 등장한다."는 말이 있어요. 1940년생 펠레는 1960년대를 지배하며 '축구 황제'로 군림했고, 그 뒤를 이은 1947년생 요한 크루이프는 1970년대를, 1960년생 디에고 마라도나는 1980년대를 화려하게 장식했어요. 마라도나가 은퇴한 후에는 1972년생 지네딘 지단과 1980년생 호나우지뉴가 1990년대와 밀레니엄 세대의 월드컵을 휩쓸었죠. 지금은 분명 1987년생 리오넬 메시가 세계 축구계를 뒤흔들고 있고요.

레오는 진정 '10년에 한 번 나올까 말까 한 재능 있는 선수'예요. 하지만 레오가 진정한 최고의 선수로서 축구 역사의 한 페이지를 장식하기 위해선 반드시 월드컵 우승을 차지해야 해요. 월드컵은 4년마다 한 번씩 열리는 축제이자 세계적인 스타들이 한자리에 모이는 최고의 축구 대회예요. 이 대회에서 정상을 차지하지 못하면 다른 유럽 리그에서 아무리 잘해도 역대 최고의 선수 반열에는 이름을 올리기 어려운 게 사실이에요.

'축구 황제' 펠레는 1958년과 1962년, 그리고 1970년 대회까지 무려 세 번이나 브라질을 월드컵 우승으로 이끌었어요. 1962년 대

저 아이와 당장계약해야겠어

회 때는 부상으로 모든 경기를 다 뛰진 못했지만, 나머지 두 번의 대회에선 최고의 활약을 펼치며 축구 역사를 새롭게 썼어요. 펠레의 뒤를 잇는 2명의 선수는 마라도나와 지단이에요. 마라도나는 1986년 대회에서 우승을, 1990년 대회에서 준우승을 차지했고, 지단 역시 1998년 대회에서 우승을, 2006년 대회에서 준우승을 차지했어요.

레오는 이미 '살아 있는 전설'이지만 월드컵 우승 없이는 위대한 선배들보다 높은 평가를 받을 수 없을 거예요. 2014년 대회에서만 준우승을 차지했을 뿐, 나머지 세 대회에선 번번이 초라한 성적표를 받아들기만 했으니까요. 어느덧 축구 인생의 황혼기를 바라보는 레오에게 월드컵 우승은 마지막 숙제와도 같아요.

2022년, 카타르에서 열리는 레오의 다섯 번째 월드컵. 이때 레오는 서른다섯 살 노장 선수로서 마지막 도전을 하게 될 거예요. 지금까지처럼 축구에 모든 열정을 쏟고 철저히 자기 관리를 한다면 서른다섯의 나이는 큰 문제가 아닐 거예요. 서른넷의 나이로 프랑스를 2006년 월드컵 결승까지 이끌었던 지네딘 지단의 사례도 있으니까요.

과연 레오는 2022년 월드컵에서 아르헨티나를 우승으로 이끌며 '역대 최고의 선수'로 이름을 올릴 수 있을까요?

메시, 축구는 키로 하는 게 아니야

월드컵 공인구

1930년 초대 월드컵 결승전에서 아르헨티나와 우루과이는 격렬한 논쟁을 벌였어요. 서로 자기 나라의 공을 갖고 경기해야 한다고 주장했기 때문이에요. 결국 전반전에는 아르헨티나의 공으로, 후반전에는 우루과이의 공으로 경기하도록 피파가 결정을 내린 이후에야 논쟁을 멈출 수 있었어요. 이런 논쟁은 피파가 아디다스에 공인구 제작권을 준 1970년 멕시코 대회 때 끝이 났어요.

1970년 멕시코 월드컵에서 첫선을 보인 공인구는 '텔스타'예요. 흰색 정육각형 20개와 검은색 정오각형 12개로 이루어진 기하학적인 형태였죠. 오각형과 육각형은 각각 5대양 6대주를 상징했어요.

1986년 멕시코 월드컵에서는 인조가죽으로 만든 공인구가 처음으로 선보였어요. 멕시코의 조상인 아즈텍의 벽화 문양을 형상화한 '아스테카'였죠. 최상의 탄력성과 디자인으로 많은 사랑을 받았어요.

1990년 이탈리아 월드컵부터는 첨단 신소재가 쓰이기 시작했어요. 폴리우레탄 폼 소재를 사용한 '에투르스코 유니코'는 최상의 방수 효과, 빠른 속도감을 자랑했어요.

1994년 미국 월드컵의 '퀘스트라'는 통통 튄다고 해서 '양체 볼'이라는 애칭을 얻었어요. 탄성과 튀는 힘이 좋아서 축구 선수들로부터 많은 찬사를 받았죠.

1998년 프랑스 월드컵에는 원색으로 만든 '트리콜로'가 선보였어요. 프랑스 국기에 사용된 세 가지 색을 써서 트리콜로(세 가지 색깔)로 불렸죠.

우리에게 가장 익숙한 2002년 한일 월드컵 공인구는 '피버노바'였어요. 하얀색과 검은색의 바둑판무늬라는 공인구 공식을 깬 과감한 디자인으로 사랑받았죠. 한일 양국의 전통적인 색상을 포인트로 삼았고, 통통 튀기는 반발력과 컨트롤력이 획기적으로 좋아진 공이었어요.

2006년 독일 월드컵 공인구는 '팀가이스트'였어요. 독일어로 '팀의 정신'이란 뜻이죠. 팀가이스트는 첨단과학의 결정판이라는 찬사를 들었어요. 가죽 조각 숫자를 14개로 대폭 줄여 완벽한 구형에 가까운 모양을 만들어서 화제를 모았죠.

2014년 브라질 월드컵 공인구는 '브라주카'였어요. 브라주카는 FIFA 역대 공인구 중 가장 적은 6조각으로 만들어졌는데, '팀가이스트'보다도 완벽한 구형에 가까워진 만큼 선수들이 더욱 정확한 슈팅과 패스를 구사할 수 있게 됐어요.

2018년 러시아 월드컵 공인구는 '텔스타18'이었어요. 1970년 최초의 공인구였던 '텔스타'의 2018년 버전이란 뜻이죠. 이 공인구에는 사용자가 공에 대한 정보를 스마트폰으로 열람할 수 있도록 근거리 무선 통신(NFC) 칩을 탑재했어요.

작은 키, 그것은 아무것도 아니야

"천재는 누구보다 고통을 참아내는 능력이 뛰어난 자를 일컫는다."

– 토마스 칼라일(19세기 영국의 비평가)

내 키는 더 이상
크지 않을지도 몰라

"안타깝습니다만, 레오의 몸은 성장호르몬을 만들지 못하고 있습니다."

성장호르몬결핍증 확진 판정을 내린 디에고 박사

누구나 인생을 살면서 한 번쯤은 '시련'을 겪게 마련이죠. 어쩌면 꿈으로 향하는 긴 도로에는 '시련'이라는 걸림돌이 군데군데 박혀 있는지도 모르겠어요. 그런데 이 걸림돌을 넘어서지 못하면 성공을 거머쥘 수 없어요. 어쩌면 레오는 세상 누구보다 큰 시련과 맞서 싸워왔는지도 모르겠어요. 레오는 불과 열한 살에, 어떤 희귀병 때문에 성장이 멈출지도 모른다는 이야기를 들어야만 했죠. 어린 소년 레오는 이 무시무시한 불안과 공포감을 어떻게 이겨낼 수 있었을까요?

가장 작은 땅꼬마

레오는 조용하고 얌전한 아이였지만, 별 탈 없이 건강하게 무럭무럭 자라고 있었어요. 특별히 레오의 축구 실력은 해를 거듭할수록 좋아져서 또래의 소년들과 눈에 띄게 차이가 났어요. 그만큼 레오의 재능은 천부적이었고, 어머니 셀리아는 이 사실에 누구보다 자부심을 느꼈고, 행복했어요. 레오는 뉴웰스의 1987년생 팀에서 '에이스'로 활약하며 로사리오 지역의 유명인이 되어 있었으니까요.

하지만 셀리아에겐 고민거리가 하나 있었어요. 레오의 키가 너무도 작았거든요. 아주 어렸을 때부터 레오는 동네에서 가장 작은 땅꼬마였어요. 셀리아는 그저 '성장이 늦은 거겠지.' 했지만, 열 살에도 레오의 키는 127센티미터밖에 되지 않았죠. 또래 친구들보다 두 뼘이나 작았어요. 두 형 마티아스와 로드리고는 큰 편이었고, 다른 가족들도 평균키에 가까웠기 때문에 셀리아는 점점 레오의 작은 키를 걱정하기 시작했어요.

1997년 열 살이 된 어느 날, 셀리아는 레오를 데리고 내과병원을 찾았어요. 이 병원의 디에고 슈와르스타인 박사는 성장호르몬 분야의 권위자였어요. 디에고 박사는 레오를 처음 만났을 때를 이렇게 또렷하게 기억하고 있었죠.

작은 키, 그것은 아무것도 아니야

"단순히 성장이 늦는 건지, 호르몬 결핍인지 분간하기가 어려웠죠. 때문에 여러 가지 검사가 필요했어요. 레오는 아주 얌전해서 처음엔 부끄러워하면서 마음을 열지 않았어요. 다행히 레오가 뉴웰스의 선수였기 때문에 축구 이야기를 꺼냈죠. 저 또한 뉴웰스 팀의 아주 오랜 팬이었으니까요."

디에고 박사가 뉴웰스 팀과 축구 이야기를 꺼내자 레오가 긴장을 풀었고, 그 후부터 검사를 하는 과정이 쉬워졌어요.

디에고 박사는 정확한 진단을 위해 여러 가지 검사를 했어요. 호르몬 이상인지, 단순히 발육이 늦는 레이트 블루머●인지 가려내기 위해서는 1년 이상 각종 검사와 분석, 관찰을 해야 했죠. 힘들고 지루한 시간이었지만, 레오는 아주 잘 견뎠어요. 뉴웰스의 팬이었던 디에고 박사와 친구가 되었기 때문에 어쩌면 조금 쉽게 이겨냈을지도 몰라요. 힘든 검사가 있을 때마다 디에고 박사는 뉴웰스 팀의 전설적인 이야기들을 들려주었죠. 레오는 시간 가는 줄 모르고 박사님의 이야기에 빠져들었어요.

하지만 더 이상 웃는 얼굴로 레오를 맞이하기 힘든 날이 오고 말았어요. 레오의 병명이 성장호르몬결핍증으로 판명되었기 때문이에요.

● 레이트 블루머(late bloomer) 늦게 성장하는 사람.

메시, 축구는 키로 하는 게 아니야

150센티미터가 될 수도 있다니

"안타깝습니다만, 레오의 몸은 성장호르몬을 제대로 만들어내지 못하고 있어요."

디에고 박사의 목소리는 떨렸어요. 셀리아는 설마설마하며 마음을 졸였던 터라 순간 눈앞이 캄캄했어요.

"그럼, 우리 레오는 어떻게 되는 거죠?"

"정확한 병명은 '성장호르몬 분비 부전성 저신장증 growth hormone deficiency'입니다. 2000만 명 중 1명꼴로 발생하는 희귀한 병이에요. 이대로 가면 성인이 되어도 150센티미터가 채 안 될 수 있어요."

레오 가족에겐 그야말로 날벼락 같은 이야기였어요. 셀리아는 흐느꼈어요.

"진정하셔야 합니다. 레오는 앞으로 매일 밤 고통스런 성장호르몬 주사를 맞아야만 해요. 레오의 몸이 스스로 성장호르몬을 만들어내지 못하니까요."

"그렇게 하면 레오는 낫게 됩니까? 나을 수 있는 거예요?"

"장담은 할 수 없습니다. 레오의 키가 150센티미터가 될지 170센티미터가 될지는 아무도 모르는 일입니다. 그저 꾸준히 치료를 이어나가는 수밖에요."

대체 레오는 어떤 이유로 이토록 무섭고도 끔찍한 병에 걸려야

작은 키, 그것은 아무것도 아니야

했던 걸까요? 디에고 박사의 말을 더 들어볼게요.

"쉽게 당뇨병에 비유할 수 있겠네요. 당뇨병이 신장에서 인슐린을 분비하지 못해 발생하는 병이라면, 레오의 병은 내분비선에서 성장호르몬을 만들어내지 못해 생겨난 겁니다. 당뇨병 환자는 전 세계 인구의 7퍼센트에 달합니다. 하지만 레오의 병은 아주 드문 케이스예요. 이 병에는 유전적 요인도 없습니다. 다른 가족들의 키가 모두 정상인 걸 보면 알 수 있죠."

이 병은 아무런 이유 없이 레오에게 찾아온 불행이자 시련과도 같았어요. 아니, 레오뿐 아니라 레오 가족 전체가 이 불행과 맞서 싸워야만 했죠. 어머니의 떨리는 손을 잡고 병원에서 돌아오던 그날, 레오는 과연 무슨 생각을 하고 있었을까요? 한 가지 분명한 사실은 바로 이날부터 레오는 자기 자신과 끊임없이 싸워나가야 했다는 거예요.

울지 않아, 나 자신을 이길 거야

레오는 이 병을 치료하기 위해 고통스런 과정들을 이겨내야만 했어요. 매일같이 양다리에 호르몬 주사를 맞고, 주기적으로 병원에 가서 복잡한 검사를 받거나 피를 뽑아야 했죠. 하지만 레오는 절대로 눈물을 보이거나 짜증을 내는 법이 없었어요.

“의외였습니다. 레오는 작고 약해 보였지만, 실은 아주 강하고 어른스러운 소년이었어요. 그 나이 또래 아이들이라면 대개 피를 뽑거나 주사를 놓을 때 무서워하거나 울죠. 레오는 달랐어요.”

디에고 박사는 레오가 우는 모습을 한 번도 보지 못했어요. 심지어 레오는 어머니에게도 약한 모습을 보여주지 않았어요.

“레오는 오히려 담담하고 침착했어요. 키에 대해 두려워하거나 걱정을 내비친 적이 없었어요. 도리어 가족들이 매일같이 걱정을 했죠. 저는 가슴이 타들어가는 것만 같았어요. 막내아들의 얇은 다리에 매일매일 주사를 놓을 때의 그 심정, 아무도 이해하지 못할 거예요.”

레오는 어른이 되어 병마를 이겨낸 지금까지도 당시의 고통에 대해 별로 이야기하지 않는 편이에요. 성장호르몬과 관련된 이야기는 지금도 기자들의 ‘단골 질문’이지만, 레오의 대답은 항상 정해져 있어요.

“키가 더 이상 자라지 않을지도 모른다는 말을 들었을 때 심정이 어땠습니까? 매일 밤 다리에 주사를 맞는 건 고통스럽지 않았나요?”

“박사님이 시키는 대로 매일 치료에 전념하고 축구 연습을 하는 것 이외엔 제가 할 수 있는 게 없었어요. 제 마음대로 할 수 있는 일이 아니니까요. 단지 걱정하는 가족들의 모습을 볼 땐 가슴이

작은 키, 그것은 아무것도 아니야

아팠습니다. 그때의 아픔 때문에 저는 반드시 훌륭한 축구 선수가 되어야겠다고 결심할 수 있었습니다. 그것만이 가족들에게 보답하는 유일한 방법이었으니까요.”

레오는 지금도 쉽게 흥분하지 않는 선수예요. 경기장에서 난폭하지도, 사생활이 복잡하지도 않아요. 필드에서는 맹수처럼 뛰지만 평소에는 부끄러움을 타고 조용한 편이에요. 트레이드마크인 보조개와 혀 내밀기는 레오의 이 같은 품성을 잘 표현해주고 있죠. 어떻게 그럴 수 있을까? 축구는 격정적인 스포츠, 무기를 들고 싸우는 전쟁과도 같은 운동인데 말이에요.

아마도 레오의 평정심과 인내심은 성장호르몬과 싸웠던 어린 시절에 만들어진 것 같아요. 어린 시절부터 고통과 싸웠으니 어지간한 상황이라면 힘겹게 느껴지지 않는 거죠. 웬만한 일에 화를 내지도 않고요.

“메시는 단지 벌떡 일어나서 다시 뛸 뿐이다.”

요한 크루이프의 말처럼 레오는 자기가 할 수 있는 일에만 집중할 뿐, 다른 사람이나 주어진 상황에 신경을 날카롭게 세우지 않았어요. 매일 치료에 전념할 뿐, 미리 걱정하거나 조바심을 내지 않았던 어린 시절처럼 말이에요.

메시. 축구는 키로 하는 게 아니야

꼭 타야 할
열차

"꼭 타야 할 열차는 한 번밖에 지나가지 않는다."

FC 바르셀로나행을 결심한 메시

레오는 디에고 박사의 도움을 받으며 계속 치료를 해나갔어요. 그 덕택에 레오의 키도 조금씩 자라났고, 가족들은 안도의 한숨을 내쉴 수 있었죠. 앞서도 잠깐 말했지만 레오의 또 다른 시련은 2년 뒤에 찾아왔어요. 레오의 치료비를 지원해주던 단체들과 뉴웰스 팀에서 레오를 더 이상 도와주지 못한다고 한 거예요. 또다시 커다란 장애물을 만난 레오 가족은 어떻게 이 위기를 극복할 수 있었을까요?

작은 키, 그것은 아무것도 아니야

치료비 문제

레오의 성장호르몬 치료는 결코 쉬운 일이 아니었어요. 오래 걸리고 많은 고통과 노력이 따른다는 점 외에도 돈 문제가 만만치 않았거든요. 1998년 당시 레오가 이 치료를 받기 위해선 1년에 60만 페소(약 1500만 원)라는 거금이 필요했어요. 요즘 가치로 환산하면 1년에 1억 원 정도로, 가난한 레오 집안이 감당하기엔 매우 큰돈이었죠. 최근엔 성장호르몬 주사 값이 저렴해졌지만 당시만 해도 매우 비싼 치료제였으니까요.

2년 동안은 치료에 별 문제가 없었어요. 의료보험회사와 사회보장단체에서 치료비의 절반을, 뉴웰스에서 절반을 부담해주었거든요. 문제는 아르헨티나에 닥친 경제 위기였어요. 먼저 보험회사가 지원을 중단했고, 얼마 후에는 뉴웰스 역시 레오의 치료비 지원을 중단하기로 결정했어요. 결국 레오의 아버지 호르헤는 치료비를 구하기 위해 사방팔방으로 뛰어다녀야 했죠.

레오 가족은 고국 아르헨티나에서 치료 방법을 찾길 원했어요. 때문에 호르헤는 아르헨티나 최고의 명문 팀 리베르 플라테와 협상을 벌이기 시작했어요. 레오의 소문은 이미 리베르 구단 관계자들의 귀에도 들어가 있었으니까요. 레오는 리베르에서 입단 테스트를 치렀어요.

메시, 축구는 키로 하는 게 아니야

"리베르도 레오에게 많은 관심을 보였어요. 레오를 훈련에 참가시켜 직접 실력을 확인해보더니, 곧바로 영입하고 싶다고 했죠."

하지만 리베르는 레오의 영입을 주저했어요. 그 이유는 두 가지였죠. 우선 레오를 입단시키기 위해서는 소속 팀인 뉴웰스의 동의가 필요했지만 쉽게 놔주려 하지 않을 것이라는 점이 걸렸어요. 또한 레오의 병이 완치될 것이라는 확신이 없었어요.

그 와중에 뉴웰스에서는 레오의 리베르 입단 테스트 소식을 듣고는 황급히 레오 가족을 찾아와 설득하기 시작했어요. 당시 레오는 뉴웰스 1987년생 팀을 대표하는 간판선수이자 최고의 스타였으니까요. 결국 호르헤는 뉴웰스로부터 치료비를 계속 지원하겠다는 약속을 받아낼 수 있었죠. 하지만 치료비는 곧바로 지급되지 않았고, 레오 가족은 또다시 고민에 빠졌어요.

스페인행 열차 앞에서

레오 가족이 치료비 문제로 고심에 빠져 있던 그때, 스페인으로부터 희소식이 들려왔어요. 앞서 말했듯이 스페인의 명문 구단 FC 바르셀로나가 레오에게 관심을 나타낸 거예요. FC 바르셀로나의 기술 고문이었던 칼리 렉사치는 레오가 장차 세계적인 선수로 성장할 재목감이라 확신하고 있었죠.

작은 키, 그것은 아무것도 아니야

FC 바르셀로나의 제안은 매력적이었어요. 만약 입단 테스트에 합격한다면 병이 완치될 때까지 치료비를 전액 지원받을 수 있으니까요. 더구나 FC 바르셀로나는 레알 마드리드, AC 밀란, 맨체스터 유나이티드와 함께 유럽을 대표하는 명문 구단이었어요. 레오에겐 놓칠 수 없는 기회가 찾아온 셈이었죠.

하지만 레오 가족은 선뜻 FC 바르셀로나의 제안을 받아들일 수 없었어요. 레오가 FC 바르셀로나에 입단하면 가족 전체가 바다 건너 스페인으로 이주해야 했기 때문이에요. 사랑과 우애가 돈독했던 레오 가족에게 서로 떨어져 지낸다는 건 상상조차 할 수 없는 일이었어요. 게다가 병마와 맞서 싸워야 하는 어린 레오를 스페인으로 혼자 보낸다는 건 더더구나 있을 수 없는 일이었죠.

레오 가족에겐 힘겨운 고민의 나날이 계속되었어요. 스페인으로 가기 위해 정든 고향과 집, 친구들을 모두 떠난다는 건 절대로 쉬운 일이 아니었어요. 특히 레오는 고향 로사리오를 떠나고 싶어 하지 않았어요. 세상에서 가족들 다음으로 사랑하는 뉴웰스 팀과의 이별은 더욱 원치 않는 일이었고요.

"가족과 뉴웰스는 제 모든 것이나 다름없었어요. 저는 어린 시절부터 뉴웰스 팀을 응원했고, 뉴웰스 1군 팀에서 프로가 되는 게 목표이자 꿈이었으니까요."

레오는 선뜻 결정을 내리지 못했어요. 반면 치료비와 아들의 건

강이 우선이었던 호르헤와 셀리아는 하루 빨리 스페인의 바르셀로나로 건너가길 원했죠.

사실 레오는 바르셀로나로 떠나기 직전까지 고민하고 망설었다고 해요. 그러던 레오가 마음을 굳힌 건 공항으로 향하는 열차 앞에서였어요.

"저는 마지막까지 망설이고 있었어요. 열차를 타기 직전까지 가지 말자고 할까 고민했으니까요. 그런데 그때 어린 시절에 할머니로부터 들은 어떤 한마디가 머릿속을 스치고 지나가는 거예요. 그 한마디 때문에 마음을 굳게 먹고 바르셀로나로 향할 수 있었어요."

대체 레오의 마음을 굳히게 만든 그 한마디는 무엇이었을까요?

"꼭 타야 할 열차는 한 번밖에 지나가지 않는다."

작은 키. 그것은아무것도 아니야

열네 살
가족과의 이별

'마리아 솔, 진심으로 생일 축하해. 이 골을 너의 생일 선물로 바칠게!'

여동생을 위한 골세리머니

렉사치 기술 고문이 냅킨 계약서를 작성하면서 레오의 FC 바르셀로나 입단은 마무리될 수 있었어요. 이제 치료비 문제도 해결됐고, 레오에겐 핑크빛 미래만 남은 듯이 보였어요. 무엇보다 세계 최고의 명문 구단에 입단하는 기회를 잡았으니까요. 열네 살이 되던 2001년 2월, 드디어 레오와 가족들은 바르셀로나의 카탈루냐 공항에 도착했어요. 하지만 바르셀로나는 추위와 향수병, 레오의 큰 부상이라는 시련으로 이들 가족을 맞이했어요. 어린 레오는 이 두 번째 시련을 어떻게 극복했을까요?

춥고 쓸쓸한 도시

레오의 FC 바르셀로나 생활은 시작부터 순조롭지 않았어요. 뉴웰스가 이적에 동의하지 않는 바람에 정식 등록이 늦어졌고, 때문에 레오는 한동안 연습 경기에 한해서만 출전할 수 있었죠.

엎친 데 덮친 격으로 레오는 축구를 시작한 이래 처음으로 큰 부상을 당하고 말았어요. 상대 수비수의 깊은 태클에 다리가 부러진 거였어요. 레오는 깁스를 하고 재활 치료를 받아야 했어요. 낯선 나라에 와서 아직 축구 클럽과 학교에 적응할 여유도 없던 레오에게 닥쳐온 첫 번째 시련이었죠.

깁스를 한 채로 매일 밤 성장호르몬 주사를 맞는다는 건 쉬운 일이 아니었어요. 재활 치료와 성장호르몬 치료를 병행하는 건 성인들도 견디기 힘든 일이에요. 하지만 레오는 이번에도 아픈 내색을 하지 않았어요. 자신을 위해, 자신의 축구를 위해 모든 걸 버리고 따라온 가족을 위해서라도 힘든 내색을 할 수 없었어요.

하지만 레오의 여동생 마리아 솔은 약하고 어린 소녀에 불과했어요. 정든 친구들과 헤어진 마리아 솔은 낯선 바르셀로나에 정을 붙이기 힘들었어요. 마리아 솔은 친구들을 그리워했고, 따뜻하고 정 많은 고향 로사리오로 돌아가고 싶어 했어요.

레오 가족이 느끼기에 바르셀로나는 차갑고 쓸쓸한 도시였어

작은 키, 그것은아무것도 아니야

요. 바르셀로나에 살고 있는 카탈루냐인●들은 아르헨티나 사람들에 비해 개인주의가 강했고, 타인에게 관심을 갖질 않았으니까요. 또 바르셀로나의 겨울 날씨는 로사리오보다 훨씬 더 춥고 바람도 매서웠어요. 마리아 솔은 바르셀로나 생활을 매우 우울해했고, 결국 건강이 악화되어 입원까지 하고 말았어요.

여름휴가 기간 동안 고향인 로사리오로 돌아간 레오 가족은 최종 결단을 내려야만 했어요. 아버지는 모두를 불러 모아 가족회의를 열었죠.

"우리 모두 무슨 일이 있어도 함께하기로 했던 약속, 잊지 않았겠지? 마리아 솔이 바르셀로나 생활을 매우 힘들어하고 있어. 레오에겐 아쉬운 일이지만, 우리 모두 로사리오에 남는 게 맞는 것 같다."

중요한 건 레오의 생각이었어요. 치료비 문제는 뉴웰스 팀을 설득하면 해결될 가능성이 높았지만, 레오가 FC 바르셀로나를 포기하는 건 쉽지 않은 일이었으니까요. 레오는 고민 끝에 입을 열었어요.

"아빠, 저는 바르셀로나로 돌아가겠어요. 다른 가족들은 고향에

● **카탈루냐인(catalán)** 바르셀로나를 중심으로 스페인 북동부 지방에 주로 거주하는 소수민족. 전형적인 스페인 사람(카스티야인castilan)에 비해 활동적이며 개인주의적인 성향을 갖고 있다. 언어나 문화도 독자적이어서 마드리드를 중심으로 하는 지방과 대립할 때가 많다.

메시, 축구는 키로 하는 게 아니야

레오와 함께 희귀병에 맞서 싸운 가족들.
왼쪽은 두 형과 아기 레오, 오른쪽은 아버지 호르헤와 어머니 셀리아.

남는 게 좋을 것 같아요. 저는 걱정 마세요. 혼자서도 잘할 수 있으니까요."

그때가 2001년 8월, 레오의 나이 열네 살이었어요. 우리 나이로 중학교 2학년생에 불과했던 레오에겐 이미 축구를 향한 강한 의지와 열정이 싹트고 있었어요. 레오는 짧은 FC 바르셀로나 선수 생활을 통해 세계 최고의 축구 선수로 성장하겠다는 꿈을 마음속에 품게 되었던 거예요.

이 골을 네 생일 선물로 바칠게

레오의 강한 의지를 확인한 호르헤는 가족이 헤어지는 가슴 아픈 결정을 내려야 했어요. 레오의 결심이 굳은 걸 확인했지만 아직은 어린 레오를 혼자 바르셀로나로 보낼 수는 없었기 때문에 호르헤가 레오와 함께하기로 했어요. 그리고 셀리아와 레오의 형제들은 로사리오에 남았어요. 레오 가족은 순식간에 '이산가족'이 되고 말았어요.

가족을 고향에 남겨둔 채 춥고 쓸쓸한 도시로 돌아간 호르헤와 레오는 하루하루를 힘겹게 버텨나가야 했어요. 아직도 매일 밤 다리에 주사를 놔야 하는 레오의 곁엔 더 이상 어머니가 없었죠. 머릿속엔 수술을 마친 여동생 걱정으로 가득했어요. 설상가상으로

FC 바르셀로나에서의 정식 선수 등록도 계속 늦어지고 있었어요.

"모두에게 힘든 순간이었습니다. 레오는 마음속 깊이 어머니와 형제들을 그리워했죠. 하지만 내색은 하지 않았어요. 아버지인 제 앞에서 우는 일도 없었습니다."

호르헤의 말대로 레오는 정말로 울지 않았을까요? 세계 최고 스타가 된 이후 레오는 인터뷰를 통해 다음과 같이 털어놓았답니다.

"사실 정말로 힘들었어요. 방에서 혼자 몰래 우는 일이 많았습니다. 어머니와 형제들이 몹시 보고 싶었거든요. 하지만 아버지께 걱정을 끼칠 수는 없었어요. 그냥 숨어서 우는 편이 낫다고 생각했죠."

레오가 숨어서 울었던 또 하나의 이유는 여동생의 건강이 악화되었기 때문이었어요. 수술을 받은 마리아 솔은 한동안 병원 신세를 져야 했고, 이전처럼 건강하게 뛰놀지 못했거든요. 레오는 마리아 솔이 바르셀로나에서 병을 얻었고, 모두가 자기 때문이라고 생각했어요. 멀리 떨어져 있기 때문에 더욱 보고 싶고, 보살펴줄 수 없다는 생각에 더욱 괴로웠죠. 매일 밤 레오는 여동생을 생각하며 울다가 이렇게 혼잣말을 하곤 했어요.

"마리아 솔, 지금 내가 너를 위해 할 수 있는 건 아무것도 없어. 내가 할 수 있는 건 축구를 열심히 하는 것뿐이야. 꼭 FC 바르셀로나에서 최고의 선수가 될게. 그때까지 건강한 모습으로 오빠를 기

작은 키, 그것은 아무것도 아니야

다려줘."

　레오는 훗날 약속대로 최고의 축구 선수가 되었고, 그날 밤 울며 자기 자신과 한 약속을 지킬 수 있었어요. 2008년 11월, 레오는 세비야와의 경기에서 두 번째 골을 성공시킨 뒤 여동생을 향해 골세리머니를 했어요. 골세리머니로 보여준 셔츠에는 이런 문구가 적혀 있었죠.

　'마리아 솔, 진심으로 생일 축하해. 이 골을 너의 생일 선물로 바칠게!'

　레오가 넣은 이 골은 시즌 열다섯 번째 골이었고, 마리아 솔은 그때 마침 열다섯 살 생일을 맞이했어요. 정말 최고의 생일 선물이었겠죠?

시련을 이겨내다

　메시뿐만 아니에요. 우리 주위에는 시련을 이겨내고 성공한 수많은 사람들이 있어요. 미국의 여성 정치가이자 교육자였던 헬렌 켈러는 눈이 보이지 않고 귀가 들리지 않는 장애를 갖고 있었죠. 그럼에도 그녀는 인내와 노력으로 장애를 극복해냈고, 우수한 성적으로 대학을 졸업하며 박사 학위를 받았어요. 헬렌 켈러는 불가능을 가능으로 만들어낸 '인간 승리'의 모델이 되었죠.

메시, 축구는 키로 하는 게 아니야

작곡가 베토벤도 귀가 들리지 않는 청각장애인이었어요. 그는 청각을 잃은 뒤 스스로 목숨을 끊을 뻔했지만, 시련을 이겨내고 여러 명곡들을 작곡했죠. 일본의 세균학자 노구치 히데요는 어린 시절에 화상을 입어 왼손을 쓸 수 없었어요. 그 때문에 노구치는 외과의사의 꿈을 포기해야 했지만, 그 대신 세균을 연구하는 학자가 되어 전염병에 걸린 환자들을 구해낼 수 있었죠. 영국의 우주 물리학자 스티븐 호킹 역시 전신이 마비되는 루게릭병을 이겨내고 블랙홀의 원리를 밝혀냈어요.

유명 축구 스타들의 이야기도 있어요. 축구의 전설 펠레와 마라도나는 어린 시절부터 지독한 가난과 맞서 싸워야 했어요. 펠레는 축구공을 살 형편이 안 되어서 속을 채운 양말이나 신문지를 똘똘 뭉친 것으로 축구공을 대신했어요. 구두닦이와 주립병원 청소를 하면서 축구와 학업을 병행해야 했고요.

펠레의 친구이자 라이벌이었던 가린샤는 어린 시절 소아마비를 앓은 탓에 오른쪽 다리가 왼쪽 다리보다 3센티미터 정도 길었어요. 가린샤는 축구 선수의 꿈을 포기할 뻔했지만, 집요한 투지로 최고의 자리에 올라설 수 있었어요.

요한 크루이프는 어머니가 클럽 술집에서 일하는 사이 자신은 선수들의 신발을 닦고 굴러간 공을 주워와야 했지만, 서른일곱 살로 은퇴할 때는 스타디움에 모인 관중들이 일렬로 그의 집까지 동

작은 키, 그것은 아무것도 아니야

행할 정도의 대선수가 되었죠. 우루과이를 월드컵 우승으로 이끌었던 카스트로 역시 한쪽 팔이 없는 외팔이 공격수였어요.

이들 모두의 공통점은 남들보다 힘든 시련에도 절대로 굴하지 않고, 자신의 꿈을 포기하지 않았다는 거예요. 결국에는 그 시련을 이겨냄으로써 최고의 자리에 올라설 수 있었고요. 세계 최고의 축구 선수 레오 역시 마찬가지예요. 성장호르몬결핍증도, 치료비 문제도, 가족들과의 이별도 최고의 축구 선수가 되겠다는 레오의 의지를 막아낼 수는 없었으니까요.

불가능? 그것은 아무것도 아니야.

메시, 축구는 키로 하는 게 아니야

안녕? 내 이름은 리오넬 메시.

내 이야기 한번 들어볼래?

열한 살 때, 난 내 성장호르몬에 문제가 있다는 걸 알게 됐고, 성장 치료를 받아야 했지. 매일 밤 다리에 주사를 놓는 건 정말로 날 힘들게 했어. 하루는 이쪽, 다음 날은 다른 쪽, 3년간 계속 맞아야 했지.

나는 키가 너무 작았어. 내가 열한 살 때, 나는 남들 여덟 살이나 아홉 살보다 더 작은 키를 가졌어. 특히 친구들과 축구를 하거나 길거리를 다닐 때 내 키는 확연히 차이가 났어. 이런 체격은 내가 학교에 갈 때나 축구를 할 때 너무도 불리했지.

매일매일 나는 항상 작은 아이였어. 어느 누구보다도 훨씬 더 작은 그런 아이. 내가 치료를 마치고 다시 정상적으로 자라기 시작할 때까지 늘 그래 왔어.

하지만 남들보다 작기 때문에 아마도 난 남들보다 아주 조금 더 빠르고 민첩할 수 있는 것 같아. 그리고 이건 내가 축구를 하는 데 도움이 되었지. 그건 매우 특별한 것이었어. 내가 아름다운 것을 성취할 수 있었기 때문이야.

내가 이 경험에서 얻은 건 처음에는 나쁘고 부정적으로 보이는 것이라도 나중엔 긍정적으로 바뀔 수 있다는 거야. 내가 그 고난 때문에 더 많은 노력을 하게 되니까 말이야.

불가능? 그것은 아무것도 아니야.

Impossible is nothing.

- 리오넬 메시 아디다스 광고 'Impossible is nothing' 중에서

작은 키, 그것은아무것도 아니야

'집중 탐구' 리오넬 메시

여러 감독들, 선수들, 전문가들은 대체 왜 레오를 세계 최고의 선수로 평가하고 있을까요? 레오의 실력과 기술이 왜 그토록 놀라운지 살펴보도록 해요.

황금 왼발의 '요요 드리블'

레오는 왼발로 고속 드리블, 강력한 슈팅, 정교한 패스, 섬세한 볼 컨트롤을 모두 구사할 수 있어요. 특히 레오는 전속력에 가까운 속도로 질주하면서도 공을 50센티미터 이상 떨어뜨려놓지 않는 드리블 기술로 매우 유명하죠. 공이 발에서 떨어졌다가 요요처럼 곧 붙는다고 해서 '요요 드리블'이라고 불리기도 해요. 이처럼 레오는 빠르게 공을 몰고 달리면서 자유자재로 방향 전환까지 할 수 있어요. 이러한 드리블 기술은 마라도나의 주특기였고, 레오가 '제2의 마라도나'로 불리고 있는 이유이기도 하죠.

폭발적인 골 결정력

레오는 드리블 기술뿐 아니라 놀라운 득점력까지 겸비하고 있어요. UEFA 챔피언스리그에서는 통산 105골로 호날두(121골)에 이어 역대 2위에 머물러 있지만, 스페인 라리가 통산 득점 부문에서만큼은 390골로 호날두(311골)보다 앞서 있죠. 또한 레오는 2011-12 시즌 당시 모든 대회를 통틀어 73골을 기록했는데, 이는 한 선수가 한 시즌에 기록한 최다 득점 신기록이기도 해요. 그 외에도 아르헨티나 대표팀 역대 최다 득점(65골), FC 바르셀로나 역대 최다 득점(595골), 라리가 한 시즌 최다 득점(50골) 기록까지 모두 보유하고 있으니, 레오에게 '득점 기계'라는 애칭을 붙여 줘도 문제없을 것 같죠?

메시. 축구는 키로 하는 게 아니야

측정 불가, 축구 지능

레오가 많은 득점을 터뜨릴 수 있는 가장 큰 이유는 놀라운 슈팅 기술을 갖고 있기 때문이에요. 레오는 골키퍼와 일대일로 맞서는 상황에서 절대로 서두르는 법이 없어요. 침착하게 골문 구석으로 슈팅을 하거나, 골키퍼의 가랑이 사이로 골을 넣는 재치를 보여주기도 하죠. 축구공의 아래쪽을 깎아 차서 골키퍼의 키를 넘기는 '로빙슛'도 레오의 전매특허 가운데 하나예요. 뿐만 아니라 레오는 중거리 슈팅과 프리킥에도 매우 능한데, 무조건 강하게 차려 하지 않고 정확한 슈팅을 시도한다는 게 가장 큰 특징이죠. 훌륭한 축구 선수를 꿈꾸고 있다면, 레오에게서 반드시 배워야 할 부분이라고 볼 수 있어요.

어디서나 언제나, '프리 롤' 포지션

레오가 세계 최고의 선수로 평가받는 이유 중 하나는 포지션의 구분 없이 활약하기 때문이에요. 레오의 기본 포지션은 공격수(FW)지만, 경기 중 레오는 공격형 미드필더와 양 날개 위치를 오가며 자유롭게 움직이는 모습을 자주 보여주는데요. 엄밀히 말하면 레오에게 주어진 역할은 정해진 포지션이 없는 '프리 롤'이에요. 레오는 단순히 전방에서 골을 넣는 데에만 그치지 않고 측면에서의 돌파, 미드필드에서의 공 배급, 심지어는 수비까지 열심히 하는 성실함을 갖추고 있어요. 이러한 다재다능함이야말로 수많은 사람들이 레오를 최고로 손꼽는 가장 큰 이유일 거예요.

축구, 이것만은 알고 봐요!

취미도 축구입니다

"끝없는 열정은 천재의 재능을 앞선다."

— 잭 웰치(기업가)

축구공은
내 친구

"레오는 원하는 것을 얻기 위해서는 포기해야 할 것이 있다는 것을
알고 있었죠. 레오는 축구만을 원했어요."

아버지 호르헤

레오의 축구를 향한 열정은 어린 시절부터 대단했어요. 축구공을 처음 만
진 네 살 때부터 시작된 그의 열정은 이후로 조금도 수그러드는 법이 없었
죠. 말 없고 수줍은 소년이었던 레오에게 축구공은 최고의 친구였어요.
대선수가 된 지금도 레오는 매일 아침 훈련장을 향할 때마다 이런 생각이
든다고 해요. '훈련장으로 갈 때마다 가슴이 두근거린다. 오늘 하루를 축
구공과 함께 시작할 수 있다니!'

메시, 축구는 키로 하는 게 아니야

오늘 축구하러 가지 마!

어린 시절부터 축구공은 레오의 가장 친한 친구였어요. 밥을 먹을 때도, 잠을 잘 때도 축구공과 떨어지는 법이 없었죠. 심지어 집 안에서까지 공을 찼어요. 현관문을 골대 삼아 슈팅 연습을 하거나, 이웃집 담벼락에 공을 차는 바람에 말썽을 일으키곤 했죠. 그럴 때마다 셀리아한테 야단을 맞았지만 레오는 여전히 집에서 공을 차는 버릇을 고치지 못했어요.

큰 소리로 혼을 내도, 매를 들어도 레오의 버릇은 고쳐지지 않았어요. 셀리아는 고민에 빠졌어요. 축구를 열심히 하는 건 흐뭇했지만, 이웃집에 피해를 줄 수는 없었으니까요. 아무래도 레오의 말썽을 멈추게 할 방법은 없는 것 같았어요. 고민하던 셀리아는 의외로 해법이 간단하다는 걸 깨닫게 됐죠. 그건 바로 레오에게서 벌로 축구공을 빼앗는 거였어요.

축구공을 빼앗기자 레오는 더 이상 집에서 공을 차지 않았어요. 작전은 성공하는 듯했어요. 그 뒤로는 항상 바깥에 나가 운동장에서 공을 차며 놀았으니까요. 하지만 얼마 지나지 않아 셀리아에겐 새로운 걱정거리가 생겼어요. 밖에 나간 레오가 축구를 하느라 집에 돌아오지 않았기 때문이에요!

그란돌리 팀에 입단한 레오는 연습이 끝나도 친구들과 남아 밤

취미도 축구입니다

늦게까지 공을 차곤 했어요. 친구들이 모두 집에 돌아가면 혼자 남아서 계속 연습을 했죠. 셀리아는 늘 일찍 돌아오라는 잔소리를 했지만, 레오는 말을 듣지 않았어요. 화가 난 셀리아는 마침내 레오에게 강수를 던졌어요.

"레오! 너 엄마 말 안 들으면 앞으로 절대 축구 못하게 할 거야. 그란돌리 팀에도 못 나가게 할 거다."

이 말을 듣자마자 레오는 큰 소리로 울음을 터뜨렸어요.

"엄마, 잘못했어요."

싹싹 빌면서 말을 듣겠다고 약속했죠. 그날 이후로 셀리아는 레오를 단 한마디로 꼼짝 못하게 만들 수 있었어요. 레오가 밤늦게까지 숙제를 하지 않고 있던 어느 날에도 셀리아는 이렇게 말하기만 하면 됐죠.

"레오야, 숙제 안 하면 내일 축구하러 못 간다."

그다음엔 어떻게 됐는지 말하지 않아도 알 수 있겠죠? 레오가 가장 무서워한 벌은 '축구를 못하게 하는 것'이었어요.

재미있는 이야기가 또 하나 있어요. 어린 시절 레오가 축구 다음으로 좋아했던 건 아르헨티나식 초코파이예요. 엄마가 만들어준 '알파호르'를 먹는 건 축구할 때 다음으로 레오에게 행복한 순간이었죠. 알파호르는 레오를 움직일 또 하나의 무기였던 셈이에요. 그란돌리 팀의 경기가 있기 전날, 셀리아는 레오의 마음에 이렇게

메시, 축구는 키로 하는 게 아니야

불을 지폈답니다.

"레오야, 오늘 경기에서 골을 넣으면 먹고 싶은 만큼 알파호르를 만들어줄게. 꼭 골을 넣고 와야 해."

레오는 과연 몇 골을 넣었을까요? 무려 8골을 넣었어요. 레오는 골 욕심만큼이나 식탐도 대단했던 것 같죠?

공을 빼앗기는 게 싫어

축구를 향한 레오의 열정은 공에 대한 집착으로 나타나곤 했어요. 어린 시절에도, 바르셀로나에서 뛰고 있는 지금도 레오의 이 모습에는 변함이 없어요. 경기에서 지는 것 다음으로 레오가 싫어하는 게 바로 상대편 선수에게 공을 빼앗기는 거예요. 공을 빼앗기기라도 하면 레오는 곧바로 상대에게 달려들어 다시 공을 빼앗아내곤 하거든요.

레오는 다른 공격수들과 이런 면에서 아주 달랐어요. 대다수의 공격수들은 자신이 공을 빼앗기고도 수비수들에게 책임을 떠넘기곤 하죠. 기술이 좋은 공격수들은 수비를 열심히 하려 들지 않거나, 적극적으로 공을 빼앗으려 하지 않는 편이에요. 하지만 레오는 달랐어요. 레오는 공을 빼앗기면 본능적으로 그것을 빼앗아오기 위해 수비에 가담했어요.

취미도 축구입니다

"레오는 팀에서 가장 작았지만 체력이 강하고 열정적이었어요. 공을 빼앗기면 누구보다 빠르게 달려가 다시 공을 빼앗아오곤 했죠. 레오는 팀이 지는 걸 가장 싫어했지만, 상대에게 공을 빼앗기는 건 더욱 싫어했어요."

어린 시절 레오를 지도했던 아드리안 코리아 감독은 레오가 성공할 수 있었던 원동력으로 주저 없이 '열정'을 손꼽고 있죠.

"물론 재능도 다른 선수들보다 뛰어났어요. 하지만 아르헨티나는 축구의 나라예요. 뛰어난 재능을 갖춘 소년들은 많았죠. 예를 들어 열한 살의 나이로 AC 밀란에 입단했던 레안드로 데페트리스도 레오 못지않은 재능을 갖고 있었어요."

데페트리스는 1988년생으로 레오보다 한 살 어린 금발의 소년이었어요. 그 역시 재능이 매우 뛰어나 천재 소년으로 명성을 떨치고 있었죠. 레오가 바르셀로나에 입단했던 것과 비슷한 시기에 데페트리스는 이탈리아 명문 구단 AC 밀란의 유니폼을 입었어요. 얼마 후 아르헨티나로 돌아와 리베르 플라테로 팀을 옮기긴 했지만, 데페트리스가 레오보다 뛰어난 선수라고 평가하는 전문가들도 많았어요. 하지만 코리아 감독의 생각은 달랐던 것 같아요.

"데페트리스는 분명 천재적인 소년이었어요. 공을 다루는 감각과 기술이 매우 뛰어났으니까요. 모두가 최고의 재능이라고 말했죠. 그런데 내 생각은 달랐어요. 데페트리스는 우아하고 영리했지

메시, 축구는 키로 하는 게 아니야

만, 레오만큼의 열정은 없었으니까요.”

코리아 감독의 말을 더 들어보도록 해요.

“훌륭한 기술을 갖춘 남미 출신 선수들은 셀 수 없을 정도로 많아요. 하지만 유럽에서 성공하는 선수는 그만큼 많지 않아요. 성공과 실패를 가르는 차이가 뭔지 압니까? 그건 바로 열정이에요. 자신의 기술만 믿고 열정을 보여주지 않는 선수들은 유럽에서 살아남을 수 없어요.”

코리아 감독의 평가는 정확했어요. 레오는 세계 최고의 선수로 우뚝 선 반면, 데페트리스는 어린 시절의 명성을 이어가지 못한 채 무명 선수로 전락하고 말았으니까요. 두 천재 소년의 차이는 무엇이었을까요? 그건 바로 ‘재능’이 아닌 축구를 향한 순수한 ‘열정’이었어요.

레오의 열정은 축구를 사랑하는 형제들 중에서도 으뜸이었어요. 아버지 호르헤도 처음에는 맏아들 마티아스에게 더 큰 기대를 가졌다고 해요. 그만큼 재능과 체격 조건이 좋았죠. 하지만 레오의 열정에 못 미쳤고, 결국 레오만이 축구 선수로 대성하게 되었어요.

“레오는 마티아스에 비해 의지가 강했어요. 원하는 것을 얻기 위해서는 포기해야 할 것이 있다는 것을 알고 있었죠. 레오는 축구만을 원했어요.”

취미도 축구입니다

무엇보다 레오는 축구를 열정적으로 좋아했어요. 열정을 지키는 방법을 알고 있는 듯, 매일매일 축구를 했죠. 열정은 노력이 뒷받침되지 않으면 금세 식을 수도 있어요. 혹시 여러분도 이런 경험, 갖고 있지 않나요? 뭔가에 푹 빠져들었다면 다음 단계는 그것을 숙련되게 잘하도록 열심히 연습하는 길만 남아 있다는 걸 알게 된 경험 말이에요.

사라진 라이벌

남미에선 데페트리스와 같이 타고난 재능을 꽃피우지 못하고 사라지는 축구 천재 소년들이 많이 있어요. 아마도 축구를 할 만큼 가정 형편이 따라주지 못한 이유도 있겠지만, 초기의 열정을 끝까지 지켜내지 못했던 탓이 더 클 거예요.

어린 시절 레오가 속해 있던 뉴웰스 1987년생 팀에도 수많은 천재 소년들이 있었어요. 앞에서도 말했지만 이 팀은 '기계군단'이란 애칭으로 불리며 각종 국제대회를 휩쓸었죠. 레오 이외에도 빌리, 로다스와 같이 뛰어난 재능을 갖춘 소년들이 함께 뛰고 있었어요. 특히 빌리는 레오 못지않은 축구 기술을 갖고 있었죠.

그렇다면 빌리는 지금 어느 팀에서 활약하고 있을까요? 혹시 FC 바르셀로나의 라이벌 팀 레알 마드리드에 소속되어 있진 않을

메시, 축구는 키로 하는 게 아니야

까요? 아무리 축구를 좋아하는 사람이라도 빌리라는 이름은 들어
보지 못했을 거예요. 빌리는 오래전에 축구화를 벗었으니까요. 빌
리는 데페트리스와 같이 어린 시절의 재능을 꽃피우지 못한 '비운
의 천재' 였어요.

레오가 바르셀로나로 떠난 뒤 빌리는 열다섯 살의 어린 나이로
뉴웰스 1군 팀에 합류했어요. 빌리는 촉망받는 유망주였고, 레오
대신 뉴웰스의 미래를 이끌어갈 선수로 기대를 모았죠. 하지만 빌
리는 축구에 온 힘을 다해 집중할 수 없었어요. 열다섯 살 때 여자
친구가 임신을 해서 결혼하는 바람에 당장의 생계가 급했기 때문
이에요. 빌리는 하루 빨리 돈을 벌어야 했고, 잡다한 생각들로 넘
쳐났죠. 연습을 소홀히 하면서 조금씩 허물어졌고, 결국 빌리는
축구를 포기하고 말았어요.

빌리에게는 정말 돈과 생활비가 문제였을까요? 아니었을 거예
요. 빌리에게 축구를 향한 끊임없는 열정이 있었다면, 결코 도중
에 포기할 수 없었을 거예요. 축구보다 여자 친구를, 춤과 노래를
더 좋아했던 거죠. 열정은 간사스러운 편이라 열심히 지켜내는 사
람에게는 더욱더 커지는 반면, 그렇지 않은 사람에게는 바람 빠진
풍선처럼 쪼그라들고 말죠. 빌리에겐 바로 열정을 지켜낼 의지와
노력이 없었던 거예요.

축구를 향한 열정은 레오가 시련을 이겨낼 수 있었던 가장 큰 힘

취미도 축구입니다

이었어요. 레오는 가족과 떨어져 바르셀로나에서 지내야 했지만 오직 축구만을 바라보며 외로움을 이겨냈으니까요. 어머니 없이 매일 밤 호르몬 주사를 맞아야 할 때도 마찬가지였어요. 레오는 최고의 축구 선수가 되길 원했고, 그렇기 때문에 고통을 이겨낼 수 있었던 거예요.

사실 세계적인 선수들 중에는 재능보다 열정과 노력이 앞섰기 때문에 대성한 사례가 많아요. 박지성 선수도 대표적인 경우죠. 고3 때는 대학으로부터 지명을 받지 못해 가슴앓이를 하기도 했지만 '정신 차려, 지성!' 하고 스스로 주문을 외워가며 맹훈련을 했어요. 누워서도 헤딩 연습을 하고, 휴일에도 집 주변을 돌며 공을 떨어뜨리지 않는 연습을 했죠.

독일의 게르트 뮐러는 하루 12시간씩 섬유 공장에서 일하며 축구를 병행해야 했는데 당연히 경기장에서는 맥을 못 추기 일쑤였어요. 감독이 "너는 축구로 성공하긴 힘들 것 같으니 다른 길을 찾아봐라." 하고 주문했을 정도로 왜소했던 뮐러는 그로부터 11년 뒤 당당히 세계 챔피언 자리에 올랐어요.

재능은 시작일 뿐, 성공과 실패를 가르는 건 열정인 것 같아요. 레오가 온몸으로 보여줬듯이 말이에요.

지독해
마스크 사건

"레오는 두 얼굴을 갖고 있어요. 평소엔 말도 없고 순하디순하지만,
교체 지시를 하면 죽일 듯이 쳐다봅니다."

바르셀로나 유소년 팀의 알렉스 가르시아 감독

레오의 축구를 향한 열정은 바르셀로나에 입단한 이후에도 변함이 없었어요. 평소에는 얌전한 소년이었지만, 경기가 시작되면 가장 열정적으로 뛰는 선수가 바로 레오였어요. 심지어 바르셀로나 유소년 팀에는 레오가 남기고 간 '마스크 사건'이 아직도 전설처럼 전해지고 있다고 해요. 무슨 소리냐고요?

취미도 축구입니다

마스크의 전설

　때는 2002-2003 시즌, 레오는 카데테 B● 소속으로 활약하고 있었어요. 당시 FC 바르셀로나는 에스파뇰과의 리그 최종전에서 무승부만 거둬도 우승이 확정되는 상황이었죠. 안타깝게도 레오는 1-0으로 앞서나가던 전반 도중 부상을 입고 말았어요. 상대 수비수와 헤딩 다툼을 벌이던 중에 얼굴을 부딪혀 광대뼈가 골절된 거예요.

　병원에 실려간 레오는 2주 정도 쉬어야 한다는 진단을 받았어요. 그런데 2주 뒤는 또다시 에스파뇰과 카탈루냐컵 우승 트로피를 놓고 결전을 벌여야 하는 날이었죠. 레오는 라이벌 팀 에스파뇰과의 경기에서 부상을 당한 것이 몹시 분하고 억울했어요. 다행히 그날 경기는 FC 바르셀로나가 3-1로 이기고 리그 우승을 확정 지었지만, 레오의 분함은 수그러들지 않았어요.

　레오는 에스파뇰과의 결승전에 출전하길 열망했어요. 결국 바르셀로나 의료진은 레오를 위해 안면보호대를 따로 만들어야 했죠. 만약 레오가 다시 한번 얼굴을 부딪힌다면 부상이 크게 악화될 수 있었으니까요. 마침내 레오는 특수 제작된 마스크를 쓰고

● **카데테 B(Cadete B)** 15～16세의 선수들이 소속된 FC 바르셀로나 청소년 축구팀.

2002-2003 시즌에 광대뼈 골절 부상으로 마스크를 쓴 채 뛰던 레오는
마스크를 벗어 던진 채 2골을 성공시켰다.

에스파뇰과의 경기에 출전했어요. 레오는 이렇듯 누구보다 승리를 열망했죠.

경기가 시작되고 5분 뒤, FC 바르셀로나 벤치가 갑자기 술렁이기 시작했어요. 레오가 마스크를 벗어 던져버린 거예요. 가르시아 감독은 황급히 레오를 불러들였어요.

"레오! 마스크를 쓰지 않으면 교체시킬 수밖에 없다. 벤치에 앉고 싶으냐?"

"감독님, 제게 조금만 시간을 주세요. 이렇게 부탁드립니다. 정말 조금이면 돼요."

그토록 간절한 레오의 부탁은 처음이었어요. 내성적인 편이었기 때문에 좀처럼 자신의 감정을 드러내지 않았으니까요. 결국 가르시아 감독은 레오를 내버려두기로 했어요. 언제든 부상을 당할 수도 있었기 때문에 벤치는 모두 긴장한 채 경기를 지켜봤죠.

레오는 곧 모두를 놀래게 만들었어요. 마스크를 벗어 던진 지 5분 만에 혼자 2골을 성공시켰으니까요. 중앙선 부근부터 상대 수비수를 하나씩 제쳐내던 레오는 연이어 2골을 멋지게 차 넣었어요. 그러곤 스스로 벤치로 걸어 들어왔죠.

"감독님, 이젠 됐습니다. 저를 교체시켜주세요. 이 정도면 안심하고 경기를 볼 수 있을 것 같아요."

가르시아 감독은 어안이 벙벙했어요. 그리고 레오의 예감대로

메시. 축구는 키로 하는 게 아니야

바르셀로나는 레오의 2골에 힘입어 카탈루냐컵 우승을 차지했어요. 이 사건은 아직까지도 카데테 B팀의 전설로 남아 있어요.

레오의 두 얼굴

레오의 열정과 승부욕은 바르셀로나 입단 이후 더욱 강해졌어요. 가족과 헤어지면서까지 바르셀로나에 남았기 때문에 더더욱 레오는 강한 남자로 성장해야 했죠. FC 바르셀로나 카데테 B팀을 지도했던 가르시아 감독은 심지어 레오가 '두 얼굴'을 갖고 있다고 생각했어요.

"레오는 정말로 얌전한 소년이었습니다. 축구 외엔 자신의 의견을 내세우는 법이 없었어요. 언제나 조용했고, 다른 사람 앞에 나서는 걸 좋아하지 않았죠. 그런 레오가 경기에만 나서면 돌변하는 게 신기했습니다. 어느 날은 교체를 지시했더니 저를 죽일 듯한 얼굴로 쳐다보더군요."

그라운드 위에서의 레오는 누구보다 열정적이었어요. 평소에는 수줍은 레오지만 적극적으로 동료들에게 "공을 건네!"라고 외치기도 했죠. 심지어는 상대 선수와의 싸움도 마다하지 않았어요.

레오와 유소년 시절부터 한솥밥을 먹었던 빅토르 바스케스 선수는 그때 그 모습을 정확하게 기억하고 있어요.

"레오는 팀에서 체구가 가장 작았습니다. 상대 팀 선수와 충돌하면 덩치 큰 제가 보호해줘야겠다고 생각했죠. 어떤 경기에선가 레오가 상대 선수와 시비가 붙었습니다. 저는 재빨리 달려가 레오를 보호하려 했어요. 그런데 레오는 이미 눈을 부릅뜨고 상대 선수와 맞서 싸우고 있더군요."

얌전하고 말 없는 레오가 대체 왜 그라운드 위에만 서면 달라지는 걸까요? 그건 아마도 불타는 승부욕 때문일 거예요. 욕심은 열정과 어떤 면에서는 동의어니까요.

"저는 축구에서 지는 걸 가장 싫어합니다. 경기에서 지고 나면 밤에 잠을 못 이룰 정도예요."

취미도 축구입니다

바르셀로나에서 레오는 정상을 향해 뚜벅뚜벅 걸어가고 있었어요. 축구를 병적으로 좋아하는데다 지기 싫어하는 승부욕까지, 성공 요인을 다 갖고 있었던 셈이죠. 하지만 성공 요인을 한 가지만 들라면 바로 축구를 향한 순수한 열정이에요. 레오는 어린아이처럼 축구를 좋아했고, 어떤 상황에서도 축구를 즐겼으니까요.

바르셀로나에서 레오는 정신적으로나 육체적으로 꾸준히 자랐어요. 하지만 순수하게 축구를 좋아하는 모습만큼은 어린 시절 그

메시, 축구는 키로 하는 게 아니야

대로였죠. 어머니에게 축구공을 빼앗기는 것을 가장 두려워했던 레오의 그 모습은 FC 바르셀로나에서도 달라지지 않았어요. 레오에게 가장 큰 벌은 경기 도중 교체시키는 것이었으니까요.

축구를 순수하게 좋아하는 레오의 마음은 언론 인터뷰에도 잘 드러나 있어요. 스페인 일간지《엘 문도 데포르티보》는 팬들의 궁금증을 풀어주기 위해 바르셀로나 선수들의 취미를 조사했던 적이 있어요. 호나우지뉴 선수는 패션에 관심이 많고, 춤과 노래를 좋아한다고 말했어요. 이니에스타 선수는 와인을 매우 좋아해 직접 농장까지 경영한다고 말했죠. 사비 선수는 팀의 리더답게 독서와 음악 감상이 취미였어요. 그렇다면 레오의 취미는 대체 뭐였을까요?

"리오넬 메시 선수, 평소에 즐기는 취미를 말해주세요."
"특별히 없습니다. 축구공을 갖고 노는 것 정도일까요?"
"축구 외엔 취미가 없나요?"
"아, 친구나 형제들과 축구 게임을 하는 것 정도입니다. 저의 취미는 축구입니다."

취미도 축구입니다

뜨거운 박수와 남자의 눈물

"열여덟 살 소년 리오넬 메시, 이날 경기에서는
세계 최고의 선수 호나우지뉴보다 뛰어났다!"

스페인 일간지 《마르카》

레오는 프로 선수로 데뷔한 후에도 축구 팬들의 사랑을 독차지했어요. 뛰어난 실력뿐 아니라 팀을 향한 충성심과 축구를 향한 열정 덕분이었죠. 재능과 열정을 겸비한 레오가 FC 바르셀로나의 주전 선수로 자리 잡는 건 어려운 일이 아니었어요. 레오는 곧 세계적으로 주목받기 시작했어요.

기립박수를 받다

레오가 FC 바르셀로나의 1군 멤버로서 데뷔전을 치른 건 2005년 10월 1일이었어요. 레오의 나이 불과 열여덟 살 때였죠. 상대 팀은 사라고사•였고, FC 바르셀로나는 밀리토 형제에게 내리 2골을 허용하며 0-2로 끌려 다니고 있었어요. 레오는 이 경기에 교체 투입되며 데뷔 무대를 가졌지만 드라마의 주인공으로 떠오르지는 못했죠. 경기는 2-2 무승부로 마무리됐어요.

그 후 서서히 제 활약을 펼치며 주전으로 도약한 레오는 같은 해 레알 마드리드와의 '엘 클라시코••'에서 일약 스타로 떠올랐어요. 레오는 전반 15분 만에 에토의 선제골을 어시스트하는 활약을 펼쳤죠. 경기는 레알 마드리드의 홈구장에서 펼쳐졌지만, 레오는 마치 FC 바르셀로나 연습장에서 플레이하는 듯했어요. 레오가 절묘한 드리블 돌파로 레알 마드리드 수비수 카를로스를 따돌리자 관중들은 감탄사를 연발했어요.

열여덟 살 소년 레오의 활약은 모두를 놀래게 만들었죠. 하지

• **레알 사라고사(Real Zaragoza)** 스페인 리그 1부인 프리메라디비전에 소속된 프로축구 클럽. 1932년에 창단되었고, 연고는 사라고사 주.

•• **엘 클라시코(El Clásico)** 본래 의미는 '고전의 승부'로, FC 바르셀로나와 레알 마드리드의 더비 (derby : 동일 지역의 스포츠 팀들끼리 하는 경기)를 가리킨다. 즉, 스페인 전통의 프로축구 라이벌 대결.

2007년 UEFA 챔피언스리그에서 호나우지뉴와 레오가 골 성공 후 부둥켜안고 있다.
둘은 동료이자, 친구이자, 라이벌로 선의의 경쟁을 벌이기도 했다.

만 이날 경기의 주인공은 레오가 아니라 같은 팀의 호나우지뉴였
어요. 호나우지뉴는 후반에만 놀라운 개인기로 2골을 성공시키며
레알 마드리드 홈 팬들의 기립박수를 받았어요. 레알 마드리드 팬
들이 FC 바르셀로나 선수에게 기립박수를 보낸 건 1983년의 디에
고 마라도나 이후 22년 만이었다고 해요.

레오는 상대 팀 팬들의 기립박수를 받은 호나우지뉴를 바라보
며 부러워했을 거예요. 하지만 레오 자신도 얼마 지나지 않아 호
나우지뉴와 같은 영광을 누리게 되었어요. 물론 레오에게 박수를
보낸 관중들은 레알 마드리드 홈 팬이 아니라 2부 리그인 세군다
리가[3]에서 갓 올라온 카디스라는 팀의 홈 팬들이었지만요.

카디스는 스페인 남부 안달루시아 지방의 매우 작은 클럽이었
어요. 하지만 홈 팬들의 강한 자존심과 열정은 다른 어떤 팀 못지
않았죠. 카디스 홈 팬들이 상대 팀 선수에게 박수를 보내는 건 그
센 자존심만큼이나 드문 일이었지만 레오는 카디스 홈 팬들의 기
립박수를 받아내고야 말았어요. 호나우지뉴 때만큼은 아니었지
만, 분명 놀라운 사건이었죠.

카디스 홈 팬들이 레오에게 기립박수를 보낸 이유는 엄청난 투
지 때문이었어요. 바르셀로나가 공을 빼앗기면 가장 먼저 쫓아가

● **세군다리가(Segunda Liga)** 스페인 프로축구 2부 리그.

취미도 축구입니다

는 선수가 바로 레오였으니까요. 레오의 이 같은 모습은 카디스 홈 팬들에게 벅찬 감동을 주었어요. 여기저기서 1~2명의 팬이 레오의 이름을 연호하기 시작했고, 교체될 땐 결국 기립박수가 터져 나왔어요. 이날의 기립박수는 레오에게 특별한 추억으로 남게 되었어요.

"제가 호나우지뉴처럼 상대 팀 팬들에게 기립박수를 받게 될 줄은 꿈에도 몰랐습니다. 카디스 홈 팬들의 따뜻한 박수를 영원히 잊지 못할 겁니다."

분해, 뛸 수 없다니

레오의 맹활약은 2006년 2월에 펼쳐진 첼시와의 챔피언스리그 16강전까지 계속됐어요. FC 바르셀로나는 2004-2005 시즌 16강전에서 무리뉴 감독이 이끄는 첼시에게 아깝게 패한 적이 있어요. 따라서 이 경기는 1년 만에 펼쳐진 설욕전이나 다름없었죠. 레이카르트 감독은 중요한 그 경기에 레오를 선발 멤버로 출전시켰어요.

레오의 활약에는 거칠 것이 없어 보였어요. 레오는 놀라운 드리블 돌파로 첼시 수비수들을 궁지로 몰아넣기 시작했어요. 전반 37분에는 첼시 수비수 델 오르노가 레오의 돌파를 무리하게 저지하

메시, 축구는 키로 하는 게 아니야

다 퇴장당하고 말았죠. 레오의 활약에 힘입어 FC 바르셀로나는 2-1로 승리를 거두었어요.

"리오넬 메시, 이날 경기에서는 세계 최고의 선수 호나우지뉴보다 뛰어났다!"

다음 날 스페인 신문들의 1면은 모두 레오의 이름으로 장식됐어요. FC 바르셀로나의 홈에서 펼쳐질 첼시와의 2차전을 앞두고 레오는 전 세계 축구 팬들의 폭발적인 관심 대상이었죠. 어떤 축구 팬은 레오가 이미 호나우지뉴보다 뛰어난 선수라며 찬사를 퍼붓기도 했어요. 이때까지만 해도 레오에게 더 이상의 불행은 찾아오지 않을 것처럼 보였어요.

레오는 2차전에서도 뛰어난 활약을 선보였어요. 하지만 전반 24분, 상대 수비수 갈라스와 충돌한 뒤 오른쪽 허벅지 근육이 파열되고 말았어요.

레오는 눈물을 훔치며 그라운드를 빠져나갈 수밖에 없었어요. FC 바르셀로나 팬들은 따뜻한 박수를 보냈지만, 레오의 눈물은 멈추지 않았어요. 레오의 눈물은 아픔을 참지 못해 흘린 나약한 눈물이 아니었어요. 주먹을 불끈 쥐고 땅을 내리치던 레오의 모습은 순간 경기장을 조용하게 만들었으니까요.

취미도 축구입니다

레오는 경기에 뛸 수 없어 몹시 분하고 억울했던 거예요. FC 바르셀로나는 호나우지뉴 선수의 활약에 힘입어 1-0으로 승리했어요. 하지만 언론들은 레오의 눈물을 1면에 다루며 관중들의 감동을 전하기에 바빴죠.

레오가 흘린 눈물은 분명 '남자의 눈물'이었어요. 이 눈물에는 레오의 열정과 승부욕, 그리고 팀을 향한 충성심이 모두 녹아들어 있었어요. 레오의 뜨거운 눈물은 FC 바르셀로나 팬들의 가슴에 와 닿았고, 레오는 더욱 큰 사랑을 받게 됐어요.

레알만은 이길 거야

축구에서만은 지기 싫어하는 레오의 기질은 스타가 된 후에도 변함이 없었어요. FC 바르셀로나가 경기에서 패배하는 날이면 레오는 밤잠을 설쳤어요. 레오는 자신의 득점이나 활약보다 팀 승리를 중요하게 생각했어요. 팀이 경기에서 승리하고 리그에서 우승하는 것이 득점왕이나 MVP를 수상하는 것보다 훨씬 큰 목표였으니까요.

레알 마드리드와의 엘 클라시코는 레오가 생각하는 가장 중요한 경기였어요. 레알 마드리드와 FC 바르셀로나는 스페인을 넘어 전 세계에서 손꼽히는 최고의 라이벌이기 때문이에요. 두 팀의 경기는 말 그대로 그라운드 위의 축구 전쟁을 방불케 할 정도죠. 엘 클라시코에서는 선수들뿐 아니라 감독과 관중이 한 몸이 되어 싸우는 것처럼 보이니까요.

엘 클라시코에 출전하는 건 스페인 축구 선수들에겐 꿈이나 다름없는 일이에요. 레오 역시 FC 바르셀로나에 입단한 이후부터 이 경기에 출전하는 걸 꿈꿔왔어요.

앞에서 말했듯이, 레오가 처음으로 출전한 엘 클라시코는 2005년 11월, 레알 마드리드의 홈에서 펼쳐진 경기였어요. 그날 바르셀로나는 3-0으로 승리했고, 혼자 2골을 성공시킨 호나우지뉴 선수는 상대 팀 관중들로부터 기립박수를 받았죠. 레오 역시 어린 나이답지 않은 빼어난 활약을 선보였다는 평가를 받았고요.

2007년 3월의 엘 클라시코는 레오에게 더욱 특별한 기억으로 남아 있어요. 당시 레알 마드리드의 홈에서 0-2로 패했던 FC 바르셀로나는 안방으로 돌아와 통쾌한 설욕을 꿈꾸고 있었죠.

레오는 오랫동안 별러왔던 이 경기에서 혼자 3골을 성공시키는 맹활약을 펼쳤어요. 경기는 3-3 무승부로 끝났지만, 레오의 해트트릭은 세계적으로 엄청난 주목을 받았어요. 엘 클라시코에서의 해트트릭은 1994-1995 시즌 이후 12년 만에 터져 나온 '진기록'이었으니까요.

이후에도 레오는 엘 클라시코가 있을 때마다 골을 성공시키며

취미도 축구입니다

FC 바르셀로나를 승리로 이끌었어요. 레오는 지금까지 엘 클라시코에 38차례나 출전하여 26골을 성공시켰어요. 이는 알프레도 디 스테파노, 크리스티아누 호날두의 18골을 크게 웃도는 역대 최다 골 기록이에요.

　과거에는 레알 마드리드와 바르셀로나의 여러 선배들이 '엘 클라시코의 사나이'로 불렸지만, 이제는 레오에게 그 수식어를 붙여 줘도 될 것 같아요. 레오의 팀을 향한 충성심과 열정이 시들지 않는 한, 엘 클라시코에서의 맹활약은 계속될 거예요.

메시, 축구는 키로 하는 게 아니야

포지션

메시의 포지션은 **공격수**예요. 상대편 골문 가장 가까운 위치에서 적재적소에 슛을 쏘고 득점을 올리는 역할을 맡고 있죠. 공격수는 위치에 따라 센터포워드, 레프트윙 포워드, 라이트윙 포워드, 세컨드 톱 등으로 나뉘어요. 메시는 위치를 가리지 않고 화려한 드리블로 상대 진영을 침투해 들어가 슛을 날리기 때문에 세계 최고의 공격수로 평가받고 있어요. 전설의 공격수로는 펠레, 디 스테파노, 크루이프, 호마리우, 호나우두, 앙리 같은 선수들이 있어요.

미드필더는 필드 중앙에서 경기 흐름을 주도하는 사령관들이에요. 공격과 수비에 대한 임무를 모두 수행해야 하기 때문에 경기당 13~15킬로미터 이상 뛰어야 하고, 당연히 에너지 소모가 가장 많은 포지션이죠. 마라도나, 지단, 베컴, 사비, 이니에스타 등이 대표적인 미드필더들이에요.

수비수는 상대 공격수를 철저히 마크해야 하는 몸싸움의 대가들이에요. 태클이나 위치 선정, 헤딩 능력을 모두 갖춰야 훌륭한 수비수가 될 수 있죠. 이탈리아는 수비 축구로 유명한데, 특히 파올로 말디니는 전설적인 빗장 수비수였어요.

등번호의 비밀

과거에는 골키퍼부터 공격수까지 순서대로 등번호를 달았다고 해요. 그 때문에 골키퍼가 1번, 수비수가 2~5번, 미드필더가 6~8번, 공격수가 9~11번을 다는 문화가 정착됐죠. 이 중에서도 10번은 '에이스의 번호'로 잘 알려져 있어요. 축구 황제 펠레를 비롯해 디에고 마라도나, 지네딘 지단, 호나우지뉴와 같은 선수들이 모두 등번호 10번을 달고 활약했죠. 메시도 데뷔 초에는 30번을 달고 뛰었다가 팀의 에이스가 되면서 10번을 달게 됐어요. 포지션에 관계없이 자신이 좋아하는 번호를 달고 뛰는 선수들도 많아요. 스타급 선수들은 주로 자신이 가장 좋아하는 등번호를 고집하죠. 예를 들어 독일의 미하엘 발락이나 이탈리아의 알레산드로 네스타 선수가 좋아하는 등번호는 13번이에요. 맨체스터 시티의 다비드 실바 선수는 21번을 유독 좋아하는데, 그 이유는 21번이 자신이 가장 존경하는 후안 발레론 선수의 등번호였기 때문이에요. 티에리 앙리 선수가 12번을 좋아하는 이유도 자신의 우상 반 바스텐의 등번호였기 때문이라고 해요.

나, 가족 없인 안 돼!

"성공하는 사람에겐 항상 훌륭한 조력자들이 있다."

— 마이클 아이즈너(전 월트 디즈니 최고 경영자)

마라도나, 내 아들을 당신처럼 만들 거예요!

"마라도나, 언젠가 내 아들을 당신처럼 만들고 말 거예요.
내 아들이 아르헨티나 대표팀 선수가 되면, 꼭 당신처럼 될 수 있게 지도해주세요."

메시의 어머니 셀리아

레오는 삶의 멘토를 묻는 질문에 항상 "제 가족입니다. 항상 제 곁에 있고, 힘들 때 도움을 줍니다." 하고 대답하곤 해요. 먼 훗날 어떻게 살고 있을 것 같으냐는 질문에도 "가족과 함께 고향 로사리오에서 살고 있을 것 같아요. 함께 있으면 너무 행복하니까요." 라고 하죠. 레오의 가족은 재능 있는 레오를 세계 정상으로 키우기 위해 지원을 아끼지 않았어요. 레오의 가족들은 한 명의 축구 천재가 지치지 않고 자기 길을 갈 수 있도록 어떻게 마음을 쓰고 도움을 주었을까요?

메시, 축구는 키로 하는 게 아니야

'극성 엄마' 셀리아

레오의 아버지 호르헤와 어머니 셀리아의 축구 사랑은 유별났어요. 결혼 전에도 축구장에서 연애를 즐길 정도였으니까요. 호르헤는 한때 프로를 꿈꾸던 뉴웰스 팀 소속의 선수였고, 셀리아는 뉴웰스 팀을 응원하는 서포터였어요. 그때 이미 셀리아는 아들을 낳으면 축구 선수로 키우겠다고 다짐했죠.

셀리아는 레오를 임신했을 때 특별한 느낌을 받았어요. 레오를 임신한 것이 1986년 7월, 마라도나가 월드컵 우승 트로피를 들고 귀국한 직후이니 셀리아는 마라도나의 기운을 받아 배 속에 셋째 아이가 생겼다고 확신했죠.

"이 아이는 디에고 마라도나처럼 훌륭한 축구 선수가 될 거야."

'자식은 엄마가 꾸는 꿈의 크기만큼 자란다.'는 말이 있죠. 셀리아는 레오를 마라도나와 같은 세계 최고 축구 선수로 만들기를 원했고, 훗날 레오는 셀리아의 큰 꿈만큼 성장했어요.

"레오가 그란돌리 팀에서 활약할 때 프로 선수로 키워야겠다고 생각했어요. 무엇보다 레오 스스로가 축구를 몹시 좋아했으니까요. 저는 레오를 위해 할 수 있는 모든 걸 다 해야겠다고 다짐했습니다."

어느 해인가, 축구 팬인 셀리아에게 마라도나를 만날 행운의 기회가 생겼죠. 셀리아는 용기를 내서 마라도나에게 이렇게 말을 걸었어요.

"마라도나, 언젠가 내 아들을 당신처럼 만들고 말 거예요. 내 아들이 아르헨티나 대표팀 선수가 되면, 꼭 당신처럼 될 수 있게 지도해주세요."

셀리아의 꿈은 2010년 남아공 월드컵에서 현실이 됐어요. 마라도나는 아르헨티나 대표팀의 감독이었고, 레오는 누구나가 인정하는 팀의 간판선수였죠. 비록 아르헨티나는 8강에서 탈락하고 말았지만 셀리아의 꿈이 이뤄진 셈이에요. '꿈은 이루어진다.'는 말, 정말로 실감나지 않나요?

레오의 든든한 후원자는 셀리아뿐만이 아니었어요. 어쩌면 레오의 외할머니가 셀리아보다 더 극성이었는지도 몰라요. 레오를 처음 그란돌리 축구교실로 데려간 사람이 바로 외할머니였거든요. 외할머니는 레오가 경기할 때면 언제나 운동장 바깥에서 이렇게 외쳤죠.

"얘들아! 무조건 레오에게 패스해! 레오가 슛을 하면 골을 넣을 수 있단 말이야!"

레오가 열 살 되던 해, 극성 후원자이던 외할머니가 세상을 떠났어요. 레오는 지금도 프로 선수로 성장한 자신의 모습을 외할머니가 보지 못하고 돌아가신 걸 아쉬워하고 있어요. 그만큼 레오를 향한 외할머니의 사랑은 특별했으니까요. 다행스럽게도 외할머니의 축구 사랑 유전자가 딸 셀리아에게 그대로 전해졌으니 레오는 여러모로 축복받은 선수죠?

셀리아는 레오의 기초 체력을 단단히 키우기 위해 조리법이 번거로운 영양식도 마다하지 않고 기꺼이 만들었어요. 쇠고기 뒷다리살이나 엉덩이살을 튀겨낸 뒤 토마토소스와 치즈를 뿌려 오븐에 구워낸 '슈니첼 나폴리타나'는 레오의 단골 메뉴였어요. 셀리아는 레오의 폭발적인 힘이 바로 이 요리에서 나왔다고 굳게 믿고 있죠.

"일주일에 두세 번 정도는 이 음식을 만들었어요. 적어도 세 덩이는 들고 가야 레오를 만족시킬 수 있었어요."

셀리아의 역할은 단지 체력 관리만이 아니었어요. 힘든 훈련, 아슬아슬한 승부를 감당하기 위해서는 마음을 다스릴 수 있는 정서적 안정감이 매우 중요해요. 평소에는 떨어져 있었지만 레오에게 뭔가 일이 터질 때마다 셀리아는 생각하고 말고 할 것도 없이 짐을 싸서 바르셀로나로 날아갔어요.

"부상을 당하거나 신문에 좋지 못한 기사가 실릴 때도 마찬가지였죠. 레오를 직접 보고 곁에 있으면서 일을 함께 겪으려 했어요."

레오가 세계적인 선수가 된 지금, 셀리아의 가장 큰 관심사는 무엇일까요? 한 인터뷰에서 밝힌 대로 그것은 레오가 자만심에 빠지

나, 가족 없인안 돼!

는 것을 경계하는 일이에요. 연봉이 많아졌다고, 신문에 자주 오르내린다고 해서 셀리아는 아들을 마냥 치켜세우지 않았어요. 초심을 잃지 않고 언제나 최고가 되기 위해 꾸준히 노력하기를 당부했죠.

"로사리오 사람들은 제가 레오의 엄마인 줄 잘 몰라요. 지금껏 살아온 생활을 유지하고 있으니까요."

레오가 다른 스타급 선수들과는 달리 별 기복 없이 꾸준한 성적을 올리는 데는 셀리아의 이런 생활 방식이 영향을 미쳤을 거예요. 유명 선수의 어머니로서 행세하지 않고, 옆집 아줌마로, 축구를 사랑하는 서포터로 처음 마음을 그대로 유지하고 있으니까요. 레오가 스타가 된 지금도 축구를 향한 지치지 않는 열정을 보여주고 있는 이유, 이제 좀 알 것 같죠?

아버지의 뒷모습

레오의 아버지 호르헤는 적극적인 셀리아와는 다른 성격의 소유자였어요. 호르헤는 조용한 성격이었고, 묵묵히 레오를 지켜보는 편이었죠. 호르헤는 억지로 선수 생활을 강요하거나, 무리해서 축구 연습을 시키려 하지 않았어요. 자신은 축구 선수의 꿈을 이루지 못했지만, 그렇다고 아들을 통해 꿈을 이루려고 하는 것은

메시, 축구는 키로 하는 게 아니야

옳지 않다고 생각했죠. 누구나 태어난 그대로, 자신의 의지대로 자라야 한다고 믿었어요.

그렇더라도 레오에게는 뉴웰스의 센터포워드 출신인 호르헤가 가장 든든한 후원자가 될 수밖에 없었어요. 레오가 원할 때마다 함께 축구를 하고, 형들과 사촌들을 불러 축구 시합을 열어주기도 했으니까요. 호르헤가 그란돌리 팀의 감독으로 부임한 이후부턴 아버지와 아들이 스승과 제자로서 더욱 긴밀한 관계가 되었어요. 호르헤의 지도 방식은 언제나 한결같았어요. 호르헤는 잘하려 하기보다 축구를 즐기라고 했죠.

"저는 레오가 축구를 좋아하고 즐거워한다면, 그걸로 충분하다고 생각했어요. 특별히 레오가 프로 선수로 성장하길 바라진 않았습니다."

이 때문일까요? 레오는 세계 최고의 축구 선수로 성장한 이후에도 축구를 즐기는 듯한 인상을 줘요. 경기에서도 긴장하는 모습보다 '마음껏 즐긴다'는 느낌을 주죠. 레오의 말을 한번 들어볼까요?

"공을 굉장히 부드럽고 자신감 있게 다룬다고들 하는데, 아마 그건 매 순간 제가 공과 함께 있었기 때문일 거예요. 저는 그냥 하루 종일 공을 차며 놀았어요. 호나우지뉴 같은 선수는 완벽해질 때까지 연습한다고 하는데, 저는 특정 기술을 열중해서 익힌 적이 없어요."

나, 가족 없인안 돼!

강요하지 않았던 호르헤지만 결정적인 역할은 마다하지 않았어요. 적절할 때 레오에게 자극을 주고, 더 큰 무대를 찾아주려 했죠. 그란돌리에서 뉴웰스로, 뉴웰스에서 FC 바르셀로나로 적절한 시점에 무대를 넓혀준 것도 호르헤였어요. 집에 마라도나 비디오테이프를 갖고 온 것도 호르헤였어요. 레오는 그 비디오테이프를 닳아 없어질 때까지 보고 또 보았어요.

레오는 어렸을 때부터 배려심 많은 아버지를 진심으로 존경했어요. 아버지의 뒷모습은 레오의 성격에도 많은 영향을 미쳤죠. "축구를 잘하려 하지 말고 즐기라"던 아버지의 말은 지금도 레오의 좌우명이에요.

바르셀로나에서 아들 레오와 단둘이 지내면서 모든 불편을 감수한 것도 호르헤였어요. 호르헤는 셀리아처럼 레오를 꼭 안아주거나 응석을 받아주진 않았어요. 그 대신 레오가 강한 남자로 성장할 수 있도록 묵묵히 뒷바라지를 했죠. 호르헤가 아니었다면, 레오는 FC 바르셀로나에서 절대로 성공할 수 없었을 거예요.

레오와 호르헤처럼 축구 선수들 뒤에는 훌륭한 아버지가 많이 있답니다. 베컴은 "내 축구 실력은 동네 공원에서 아버지와 함께 조금씩 익힌 세월의 결정체다 ."라고 고백했어요. 그 자신도 축구를 즐겼던 베컴의 아버지는 아들과 함께 패스, 크로스, 슛 연습을 반복했고 베컴은 이때 중요한 테크닉을 다 익혔다고 해요.

메시, 축구는 키로 하는 게 아니야

펠레의 아버지 또한 축구 선수 출신으로 펠레에게 많은 영향을 끼쳤어요. 자신은 부상으로 축구를 그만뒀지만 가난 속에서도 아들이 축구를 계속할 수 있도록 용기를 주었어요. "네가 축구 선수가 된다면 삼촌의 기술을 물려받게 될 거다."라며 요절한 축구 영웅인 큰아버지와 세계적인 축구 선수들 얘기를 들려줘 큰 꿈을 갖게 했어요. 열다섯 살에 펠레가 산토스 팀에 뽑혀갈 때도 동행해 뒷바라지를 했죠.

레오의 라이벌로 불려지는 크리스티아누 호날두 역시 이렇게 고백하고 있어요.

"아버지는 저를 자랑스러워하셨어요. 제가 뛴 모든 경기와 제가 한 모든 플레이를 다 알고 계셨고, 주위 사람에게 대놓고 자랑을 하셨어요. 그 모습을 보고 제가 더 자신감을 갖고, 더 채찍질을 하도록 말이에요."

축구 클럽의 장비 기술자로 일하던 호날두의 아버지는 직접적인 영향보다는 1등 서포터 노릇을 하면서 아들의 기를 세워주었어요.

아들에게, 더구나 운동선수들에게 아버지란 형이자, 스승이자, 매니저를 합한 존재와도 같은 듯 보이는 대목이죠? 아버지가 지켜보고 있다는 믿음은 이렇듯 선수들에게 커다란 자극과 동기부여가 된답니다.

나, 가족 없인안 돼!

가족은 나의 전부야

레오에겐 두 형과 여동생이 있다고 했죠? 큰형 마티아스와 작은 형 로드리고, 그리고 여동생 마리아 솔 말이에요. 레오는 두 형과의 나이 차이가 적지 않았지만, 어린 시절부터 친구처럼 잘 어울렸어요. 두 형과 함께 사촌형제들인 막시, 에마뉴엘과는 매일같이 축구를 하며 어린 시절을 보냈어요.

특히 큰형 마티아스는 레오만큼은 아니었지만, 뛰어난 재능을 지닌 축구 선수였어요. 사실 레오 가족이 바르셀로나로 건너갔을 때 마티아스 역시 스페인에서 선수 생활을 하고 싶었다고 해요. 하지만 마티아스는 여동생 마리아 솔이 향수병에 걸리자 고향으로 돌아가는 길을 택했어요. 왜 그랬을까요?

"저는 축구를 진심으로 좋아합니다. 하지만 레오만큼은 아니었어요. 레오처럼 축구 선수로서 성공하겠다는 의지와 열정이 제겐 없었습니다."

작은형 로드리고는 레오의 가장 친한 친구와도 같아요. 레오는 고민거리가 있을 땐 로드리고를 찾았어요. 나이 차이가 적은 만큼 둘은 어려서부터 친구처럼 지내왔으니까요.

반면 여동생 마리아 솔은 레오가 지켜주고 보호해줘야 할 존재였어요. 레오의 여동생 사랑은 매우 각별한 것으로 유명해요. 마리아 솔이 향수병에 걸렸을 때, 가장 마음고생이 심했던 사람도 바로 레오였으니까요.

　가족들은 힘들고 어려울 때 가장 가까운 곳에서 레오를 도와준 훌륭한 조력자였어요. 레오는 어머니 덕분에 축구 선수로 성공할 수 있었고, 아버지의 뒷모습을 바라보며 강한 남자로 성장해갔죠. 두 형과 여동생은 조용하고 내성적인 레오에게 가장 친한 친구들과도 같았어요. 이들이 없었다면 지금의 레오는 분명 존재하지 않았을 거예요. 누구나 밖에 나가 거친 경쟁을 하고 오면 따뜻하게 쉴 수 있는 휴식처가 필요하죠. 레오에겐 그 휴식처가 바로 가족이었어요.

나, 가족 없인안 돼!

천재는 라이벌로 인해 단련된다

"우리 모두 처음엔 레오가 벙어리인 줄 알았어요.
한마디도 들어보질 못했으니까요."

FC 바르셀로나 메시의 팀 동료였던 파브레가스 선수

가장 가까운 곳에서 레오를 지켜준 사람들은 분명 가족이었어요. 하지만 집 바깥에선 FC 바르셀로나의 동료 선수들이 레오의 훌륭한 조력자였어요. 조용하고 내성적인 레오는 FC 바르셀로나에서 새 친구를 사귀는 데 처음에는 많은 어려움을 겪었어요. 하지만 친구들이 생겨난 이후부턴 훨씬 즐겁게 축구에 전념할 수 있었죠.

레오가 벙어리인 줄 알았어요

레오의 바르셀로나 생활은 처음부터 시련의 연속이었어요. 무엇보다 레오는 스페인 축구협회에 정식 선수로 이름을 등록하지 못하고 있었죠. 뉴웰스 팀이 이적을 허락해주지 않았기 때문에 레오는 1년 가까이 연습 경기에만 출전하며 마음을 졸여야 했어요.

레오의 내성적인 성격도 큰 문제가 됐어요. 바르셀로나의 추운 날씨, 냉정한 분위기, 그리고 카탈루냐 지방의 카탈루냐어까지 모든 게 레오에겐 낯설었어요. 게다가 레오의 머릿속은 떨어져 살게 된 어머니와 형제들 걱정으로 가득 차 있었어요. 레오는 거의 1년 가까이 친구를 사귀지 않고 말없이 축구에만 전념했어요.

레오의 어린 시절 친구이자 바르셀로나 동료 선수였던 세스크 파브레가스는 그때 모습을 이렇게 회상하곤 해요.

"우리 모두 처음엔 레오가 벙어리인 줄 알았어요. 한마디도 들어보질 못했으니까요."

레오가 동료들과 말을 튼 건 이탈리아 국제대회에서였어요. 열다섯 살의 레오는 카데테 B팀에 소속되어 있었고 이 팀에는 레오 외에도 여러 재능 넘치는 소년들이 포진하고 있었어요. 사람들은 이 팀을 '황금의 카데테'라 극찬했어요. 당시 이 팀에 소속되어 있던 레오와 파브레가스, 그리고 피케는 지금도 세계적으로 맹활약

나. 가족 없인안 돼!

중인 1987년생 동갑내기 선수들이에요.

레오가 이끄는 황금의 카데테 B팀은 결승에서 AC 파르마●를 물리치고 우승을 차지했어요. 레오는 대회 최우수 선수로 선정됐고, 동료 선수들로부터 축하를 받았죠. 이때 처음으로 레오가 한 말이 뭐였을까요?

"고마워."

싱겁기까지 한 짧은 한마디였지만, 레오가 카데테 B팀의 동료에게 처음으로 건넨 말이었어요. 마음의 문을 굳게 걸어 잠그고 있던 레오가 마침내 동료들을 향해 문을 연 순간이었어요. 그들은 함께 호텔 방에서 축구 게임을 하기 시작했죠. 이후로 레오는 파브레가스와 피케, 바스케스와 둘도 없는 친구 사이가 됐어요.

얼마 후 동료들은 레오에게 재미있는 별명을 붙여주었어요. 지금도 자주 쓰이는 '라 풀가 La Pulga', 우리말로 해석하면 '벼룩'이란 뜻이죠. 멋지고 잘생긴 레오가 대체 왜 벼룩이냐고요? 레오는 열다섯 살이 될 때까지 144센티미터밖에 되지 않았어요. 벤치에 앉아 있을 때 땅에 발이 닿지 않는 유일한 선수였죠. 이 모습을 보고 웃음을 터뜨린 동료들이 벼룩이라고 놀리기 시작한 게 별명의 시

● **AC 파르마(AC Parma)** 이탈리아 프로축구 1부 리그인 세리에 A에 소속된 클럽. 1913년 창단되었고 파르마를 연고로 하고 있다.

메시, 축구는 키로 하는 게 아니야

작이었어요. 별명을 부르고 허물없이 지낼 만큼 레오가 FC 바르셀로나에 적응하기 시작했단 증거이기도 했죠.

레오는 부끄러움을 많이 타지만 한번 마음을 열면 오랫동안 친구로 지낼 수 있는 품성을 갖고 있어요. 쉽사리 화를 내거나 남의 탓으로 돌리려 하지 않거든요. 언제나 개인 성적보다 팀이 이기는 것을 우선으로 하고, 골은 개인이 아니라 팀의 힘으로 넣는다고 생각하고 있어요.

"열네 살부터 레오를 봐왔는데 변한 게 없어요. 우리는 늘 레오가 최고라고 생각하지만 스스로는 최고라고 생각하지 않았어요. 레오는 늘 겸손했죠."

FC 바르셀로나의 수비수, 헤라르드 피케의 말이에요.

우리에게 친구 관계가 소중하듯 축구 선수들에게 동료만큼 소중한 존재는 없어요. 골을 놓고 다투기도 하지만 팀을 위해 서로 양보하고 희생하는 게 우선이 되어야 하는 경기니까요. 레오는 겸손한 성격과 소탈한 생활로 동료들의 사랑을 듬뿍 받고 있는 선수 중 하나예요.

"다른 선수들도 그렇겠지만 특히 레오는 행복하거나 마음이 편할 때 최고의 실력을 발휘합니다."

사비 선수의 말처럼 메시에게는 오랫동안 형제처럼 지내온 FC 바르셀로나의 동료들이 있기 때문에 축구가 즐겁고, 축구를 더

나, 가족 없인안 돼!

욱 잘할 수 있는 것 같아요. 서로의 실력을 인정하는 동료와 팀이 되어 일한다는 것, 그와 경쟁하고 서로를 격려한다는 것은 축구 뿐 아니라 어떤 부문에서든 가장 보람되고 짜릿한 일이 아닐까 싶어요.

그러나저러나 세계 최고의 선수로 성장한 지금도 레오의 별명은 '벼룩'일까요? 레오의 새 별명을 만들어준 건 동료들이 아닌 바로 스페인 언론이었어요.

"아르헨티나에서 날아온 벼룩(라 풀가La Pulga), 이제는 초강력 벼룩(라 풀가 아토미카La Pulga Atomica)이 되다!"

이제 레오의 별명을 함께 외쳐볼까요! 초강력 벼룩, 라 풀가 아토미카!

열여덟 살 레오, 청소년대회를 휩쓸다

2005년 6월, 네덜란드에서 열린 세계청소년축구선수권대회에 전 세계 축구 팬들의 관심이 쏠렸어요. 가장 큰 이유는 이 대회 참가를 준비하고 있던 레오 때문이었죠. 언론에서는 레오를 2005년 대회를 빛낼 최고의 예비 스타로 손꼽았어요. 네덜란드의 바벨, 브라질의 헤나투, 스페인의 요렌테는 이미 크게 주목받는 스타들

메시, 축구는 키로 하는 게 아니야

2005년 세계청소년축구선수권대회는 스페인뿐만 아니라
레오의 고국인 아르헨티나에 그의 이름을 확실히 알리는 계기가 되었다.

이었는데, 여기에 레오가 새로 등장한 거예요.

1987년생인 레오는 2005년 6월 당시 열여덟 살에 불과했어요. 자신보다 두 살 많은 형들이 참가하는 20세 이하 청소년대회에 당당히 도전장을 내민 셈이죠. 그만큼 레오의 실력은 또래 선수들보다 압도적으로 뛰어났어요. 레오는 이미 2004년 10월에 스페인 프리메라리가● 데뷔전을 치렀고, 앞에서 말했듯이 2005년 5월에는 데뷔 골까지 성공시켰으니까요. 어쩌면 20세 이하 청소년대회는 레오에게 작은 무대였는지도 몰라요.

하지만 '꿈나무들의 월드컵'으로 불리는 세계청소년선수권대회는 오랜 전통과 권위를 자랑하는 수준 높은 축구 대회예요. 이 대회에서 스타로 떠오른 유망주들은 어김없이 세계 최고의 선수로 성장했죠. 1979년 대회에서 아르헨티나를 우승으로 이끌었던 디에고 마라도나 역시 마찬가지였어요. 청소년선수권대회 우승 7년 뒤 마라도나는 아르헨티나에게 월드컵 우승 트로피를 선사했으니까요.

그만큼 레오에게 거는 아르헨티나 국민들의 기대는 대단했어요. 무엇보다 아르헨티나 사람들에게 레오는 신비스런 존재였죠.

● **프리메라리가(Primera Liga)** 스페인 프로축구 1부 리그를 가리키며, 정식 명칭은 프리메라디비전(Primera Division)이다. 영국의 프리미어리그, 이탈리아의 세리에 A와 함께 세계 3대 프로축구 리그로 꼽힌다.

레오는 어렸을 때부터 스페인 FC 바르셀로나에서 활약했기 때문에 아르헨티나 사람들은 레오의 실력을 잘 알지 못했어요. 그래서 더더욱 레오는 아르헨티나 청소년 팀의 유니폼을 입고 자신의 실력을 증명해 보이고 싶었어요.

아르헨티나는 미국과의 첫 경기에서 충격적인 0-1 패배를 당했어요. 하지만 레오는 이집트와의 두 번째 경기부터 진가를 드러내기 시작했어요. 2승 1패로 16강에 진출한 아르헨티나는 콜롬비아와 스페인, 그리고 브라질을 차례로 꺾고 결승까지 올랐어요. 결승전에서 나이지리아마저 격파한 아르헨티나는 당당히 우승의 영광을 차지했죠. 레오는 대회 득점왕과 MVP를 수상하며 마라도나의 영광을 재현하는 데 성공했어요.

이 대회가 레오에게 준 선물은 우승 트로피와 MVP 트로피만이 아니었어요. 레오는 1년 가까이 아르헨티나의 청소년 팀 소속으로 활약하면서 소중한 친구들을 사귈 수 있었어요. 그중에서도 공격수 아구에로와 골키퍼 우스타리는 손에 꼽을 정도로 절친한 친구들이에요. 주장 사발레타도 마치 친형처럼 레오를 챙겨주던 좋은 친구이자 동료 선수였고요.

2005년 청소년 대표팀의 멤버들은 이제 아르헨티나 성인 대표팀의 주축 멤버들로 활약하고 있어요. 과연 레오와 친구들이 월드컵에서 아르헨티나를 우승으로 이끌지 지켜보도록 해요.

호나우지뉴를 넘어서

2002년 월드컵에서 브라질 우승을 이끈 호나우지뉴는 당시 세계 최고의 선수였어요. 2004년과 2005년에는 '피파 올해의 선수' 상을 2년 연속으로 수상했을 정도였죠. FC 바르셀로나 역시 호나우지뉴를 앞세워 새로운 전성기를 맞이했어요. 특히 2005-2006 시즌에는 UEFA 챔피언스리그●와 스페인 라리가●● 우승을 차지하며 2관왕에 등극했죠.

레오는 성인 팀에 데뷔하면서부터 호나우지뉴의 뒷모습을 바라보며 꿈을 키워갔어요. FC바르셀로나로 온 뒤부터 레오의 꿈은 세계 최고의 축구 선수로 성장하는 것이었으니까요.

'언젠가 나도 호나우지뉴처럼 세계 최고의 선수가 될 거야.'

2005년 당시 호나우지뉴가 세계 최고의 선수였다면, 레오는 세계 최고의 유망주였어요. 피파 올해의 선수상은 호나우지뉴에게 주어졌지만 레오 역시 '골든 보이' 상을 수상하며 그 장래성을 인정받고 있었어요.

● UEFA(UEFA Champions League) 유럽 각국의 프로축구 리그에서 활동하는 가장 우수한 클럽들을 대상으로 매년 열리는 클럽 축구 대회. 1955년부터 시작되었으며, 유럽축구연맹이 주관한다.
●● 스페인 라리가 프리메라리가.

메시, 축구는 키로 하는 게 아니야

하지만 아쉽게도 호나우지뉴는 2006년 월드컵에서 부진한 이후 추락을 거듭하기 시작했어요. 2006-2007 시즌에는 FC 바르셀로나에서도 최악의 플레이를 선보여 팬들의 비난이 쏟아졌죠.

2008년 여름, FC 바르셀로나는 결국 호나우지뉴를 방출하기로 결정했어요. 레오가 이미 세계 최고의 선수로 성장한 만큼 FC 바르셀로나는 레오 중심으로 팀을 개편하길 원했어요. 호나우지뉴의 등번호 10번도 이 순간부터 레오의 차지가 됐어요. 등번호 10번이 갖는 무게감과 책임감을 알고 있던 레오는 이전보다 더욱더 팀 중심의 플레이를 펼쳤어요. 혼자 수비수 몇 명을 제치고 돌파하기보다는 적절한 패스로 득점력을 확보했죠.

레오와 호나우지뉴, 이 두 선수는 2008년 베이징 올림픽에서 동료가 아닌 적으로 맞붙었어요. 레오의 아르헨티나와 호나우지뉴의 브라질이 준결승에서 정면으로 충돌한 거예요. 축구 팬들은 이 경기 이후 호나우지뉴의 시대가 끝나고 레오의 시대가 찾아왔다고 목소리를 높였어요. 아르헨티나는 레오의 맹활약을 앞세워 브라질을 압도했고, 3-0으로 승리를 거두고 결승 진출에 성공했어요.

경기 후 레오와 호나우지뉴는 우정의 포옹을 나눴어요. 이 순간 레오는 분명 만감이 교차했을 거예요. 정확히 3년 전에 같은 팀 동료로서 레오는 호나우지뉴와 진한 포옹을 나눴죠. 호나우지뉴는 완벽한 개인기로 레오의 성인 팀 데뷔 골을 만들어줬고, 가장 먼

나, 가족 없인안 돼!

저 레오에게 달려가 우정의 포옹을 나눈 주인공이었으니까요.

"뛰어난 선수는 특별한 선수를 알아본다는 말이 맞는 것 같아요. 호나우지뉴는 레오가 FC 바르셀로나에 적응할 수 있도록 많은 도움과 조언을 아끼지 않았어요."

레이카르트 감독의 말대로 수줍음 많은 레오는 호나우지뉴와 동료들의 애정과 배려로 밝아지고 농담도 즐기는 선수가 될 수 있었죠.

호나우지뉴는 분명 레오의 목표이자 우상, 그리고 절친한 친구였어요. 한때는 라이벌이기도 했고요. 호나우지뉴의 뒷모습을 바라보며 자기 자신을 채찍질하지 않았다면 레오는 지금과 같은 최고의 선수가 될 수 없었을 거예요. 이렇듯 가장 가까이에서 세계 최고의 선수와 호흡하고 경쟁한 것은 레오의 가장 큰 행운 중 하나였어요.

안타깝게도 호나우지뉴는 바르셀로나에 14년 만에 챔피언스리그 우승컵을 안긴 이후 내리막길을 걸었어요. 잦은 실수와 패배, 이어진 슬럼프와 심리적인 문제까지. 정상에 오른 선수에게 찾아오는 악마의 유혹을 견디지 못했던 거죠.

"최고에 오르기는 어렵다. 하지만 가장 어려운 것은 정상에 오른 이후다."

아르헨티나의 축구 해설자 페르푸모의 유명한 말대로 재능 있

메시, 축구는 키로 하는 게 아니야

는 한 사람이 반짝 스타가 되느냐, 전설적인 인물이 되느냐를 가르는 것은 정상에 오른 이후부터라고 해요. 펠레와 마라도나처럼 경기 자체를 사랑하는 '아마추어 정신'이 있는 사람만이 전설이 될 수 있는 거겠죠. 레오는 아직 월드컵 우승 트로피를 들어 올리진 못했지만, 한 해 동안 최고의 활약을 펼친 선수에게 주어지는 발롱도르Ballon d'Or 상을 무려 다섯 번이나 수상했어요. 레오의 5회 수상은 호날두와 함께 역대 최다 수상 기록이기도 해요. 이제는 레오에게 '살아 있는 전설'이란 수식어를 붙여줘도 될 것 같아요.

나, 가족 없인안 돼!

내 생애
3명의 스승

"축구를 시작했을 때부터 지금까지 만났던
모든 감독들에게 무언가를 배웠어요. 동료들에게서도요."

한 신문과의 인터뷰에서 리오넬 메시

성공을 이룬 사람 곁에는 위대한 성공으로 이끌어준 위대한 스승이 있어요. 우리나라 축구 선수들을 분석한 한 논문에 따르면 축구를 하게 된 동기 1위가 '선생님의 추천으로'라고 하니 재능을 알아보는 것도, 재능을 키우는 것도 스승의 역할이 아닐까 싶어요. 레오 역시 훌륭한 스승의 가르침을 받지 않았다면 세계 최고의 선수로 성장할 수 없었을 거예요. 레오는 프로 선수로 데뷔한 이후부터 3명의 감독과 아주 특별한 인연을 맺어왔어요. 최고의 스승에게 가르침을 받은 레오는 최고의 선수로 성장해나갈 수 있었죠.

메시, 축구는 키로 하는 게 아니야

레이카르트의 믿음

레오에게 성인 팀 데뷔의 기회를 준 감독은 프랑크 레이카르트였어요. 레이카르트는 현역 시절에 네덜란드의 '오렌지 삼총사' 중 1명으로 유명했던 스타 출신이었어요. 현역 시절 스타였던 만큼 선수들의 입장을 잘 이해해준다는 것이 강점이었죠. 레이카르트는 선수들에게 자유를 부여했고, 화기애애한 분위기로 팀을 이끌어나가길 원했어요. 레오는 이런 분위기 속에서 부담 없이 성인 팀에 적응해나갈 수 있었어요. 내성적인 성격의 레오가 팀에 적응하기도 전에 엄격한 감독의 호된 지도를 받았다면 빠르게 적응할 수 없었을지도 몰라요.

하지만 레이카르트는 언제나 레오에게 자신감을 심어줬고, 따끔한 지적보다는 따뜻한 격려를 해주었어요. 아마도 레오가 레이카르트 감독에게서 얻은 가장 큰 보물은 바로 자신감이었을 거예요. 레오가 레알 마드리드와의 첫 번째 엘 클라시코를 치를 때에도 마찬가지였어요. 레이카르트는 레오에게 복잡한 전술적 움직임이나 무리한 플레이를 요구하지 않았어요.

"레오, 절대로 긴장하지 말고 네 실력을 마음껏 보여주고 와. 공을 잡으면 네가 가장 잘할 수 있는 걸 하면 돼."

레오는 레알 마드리드의 세계적인 수비수들을 상대로 엄청난 활약을 선보였어요. FC 바르셀로나는 3-0으로 승리했고, 레알의 홈 팬들은 충격에 빠져들었죠. 레오는 이때 레이카르트가 보여준 격려와 믿음 덕분에 제 실력을 마음껏 펼쳐 보일 수 있었어요.

레이카르트는 레오의 주특기인 드리블 돌파를 권하면서도 부상을 최소화할 전략을 세워주었죠. '드리블을 길게 하지 말고, 슛이나 패스를 할 것!' 그렇지 않으면 타깃이 되어 부상을 당하기 쉽다는 거였죠. 레오는 스펀지처럼 감독의 말을 받아들였어요.

"레이카르트 감독님은 언제나 절 믿어주셨습니다. 다른 사람이 아니라도 말해도 감독님은 그렇다고 말하며 저에게 기회를 주셨죠. 덕분에 저는 언제나 자신감을 갖고 경기를 할 수 있었어요."

2008년 여름, 레이카르트는 FC 바르셀로나의 성적 부진에 대한 책임을 지고 호나우지뉴와 함께 팀을 떠나야 했어요. 레오는 정든 레이카르트 감독과 헤어져야 했지만, 마지막에 들은 한마디를 가슴속에 새겨놓았어요.

"레오, 언제나 네가 최고라는 생각을 갖고 경기에 임해라. 가장 중요한 건 자신감이다."

레오같이 소극적인 타입에게 레이카르트는 아주 좋은 지도자였어요. 레오는 스스로 규율을 지키고 연습을 즐기는 선수이기에 팀 분위기와 사기를 올리는 '파이팅형 지도자'와 궁합이 잘 맞았어요. 데뷔 초기에 레이카르트를 만난 것은 레오에겐 행운이었어요.

메시, 축구는 키로 하는 게 아니야

FC 바르셀로나는 레이카르트의 후임으로 펩 과르디올라(본명은 호섭 과르디올라인데, 호섭의 애칭으로 펩이라 불러요.)에게 팀의 지휘봉을 맡겼어요. 펩은 그야말로 FC 바르셀로나가 배출해낸 최고의 토박이 선수였죠. 1990년대 당시 주장 완장을 차고 FC 바르셀로나의 중원을 호령하던 그 펩이 감독이 되어 친정 팀으로 돌아온 거예요. 펩은 FC 바르셀로나 팬들의 우상이자 카탈루냐인들의 영웅이었어요. FC 바르셀로나의 팀원 모두는 당연히 돌아온 영웅을 반겼어요.

펩은 레이카르트 감독과 전혀 다른 스타일의 지도자였어요. 펩은 완벽주의자였고, 철저한 규율로 선수들을 다스리려 했어요. 이미 레이카르트로부터 자신감을 충분히 얻은 레오는 펩의 채찍을 달게 받고 더욱 강하게 성장해나갈 수 있었어요.

"축구를 시작했을 때부터 지금까지 만났던 감독님들에게 모두 무언가를 배웠던 것 같아요."

한 인터뷰에서 레오가 밝혔듯이 어떤 감독을 만나든 그 감독의 지시를 충실히 따르는 선수가 바로 레오였어요. 좋은 점은 그대로 따르고, 나쁜 점은 '저렇게 하면 안 되겠구나.' 하면서 배워나갔죠. 누구나 좋은 스승을 만나지만 극히 일부만이 스승의 장점을 곧바로 흡수할 수 있어요. 레오는 그만큼 긍정적이고 매사에 순응하는 선수였어요.

아무리 뛰어난 선수라고 해도 팀을 이끄는 감독의 지시에 잘 따르지 않는다면 더 이상의 발전 없이 자기 한계에 갇히게 마련이니까요.

펩은 대단한 카리스마의 소유자였지만, 부드럽게 선수들을 다독일 줄도 알았어요. 뿐만 아니라 전술적인 면에서도 매우 뛰어났죠. 펩의 지휘 아래에서 FC 바르셀로나는 이전의 부진을 빨리 털어냈고, 부임한 지 얼마 지나지 않아 레알 마드리드를 따돌리고 다시금 최강의 자리를 되찾았어요. 레오 역시 펩의 가르침을 받아 진정한 전성기를 누리기 시작했죠.

펩이 레오에게 남긴 가장 큰 자산은 무엇이었을까요?

"펩 감독님은 저에게 축구의 전술과 이치를 깨닫게 해주셨습니다. 이전까지의 저는 그저 몸이 반응하는 대로 플레이했을 뿐이었어요. 하지만 이제는 다릅니다. 저는 감독님의 전술을 이해하고, 그것을 실행으로 옮기는 걸 할 줄 알게 됐어요."

펩은 훌륭한 전술가였어요. 레이카르트는 레오를 오른쪽 측면 공격수로 한정시켜 활용했지만, 펩은 레오에게 자유를 부여했어요. 레오는 곧 센터포워드로 포지션을 변경했어요. 이 포지션에 익숙해진 레오는 이전보다 자유자재로 공을 다루며 완성된 플레이를 선보일 수 있었죠.

레오가 만난 최고의 감독이자 스승인 FC 바르셀로나의 펩 과르디올라 감독.

“펩 감독님은 제가 가진 모든 능력을 이끌어내길 원했습니다. 측면이 아닌 중앙에서 저는 더욱 자유로운 플레이를 선보일 수 있었어요. 그는 세계 최고의 감독입니다. 마치 축구의 모든 걸 꿰뚫고 있는 사람 같아요.”

레오뿐 아니라 훌륭한 선수들은 대개 2~3명의 잊을 수 없는 스승을 만나게 마련이에요. 우선은 청소년기에 자신의 재능을 간파하고 데뷔시켜준 스승이 있어요. 박지성 선수에겐 수원공고의 이학종 감독이, 호날두 선수에겐 볼로니 감독이 그런 스승이었죠.

또한 부상이나 뜻하지 않은 실수로 힘들어할 때 마음을 터놓을 수 있는 친구 같은 스승도 선수들은 두고두고 잊지 못해요. 레오에겐 레이카르트 감독이 외로울 때 힘이 되어준 따뜻한 사람이었어요.

비록 냉정하고 마음을 터놓긴 어렵지만, 자신의 강점은 살려주고 약점은 보완해준 날카롭고 무서운 감독도 선수들에겐 꼭 필요한 스승이에요. 레오에겐 펩이, 베컴에겐 퍼거슨 같은 감독이 그런 사람들이겠죠.

우리 역시 삶의 여정에서 여러 스승이나 리더를 만나게 될 거예요. 자신을 인정해준 사람, 친구처럼 따뜻한 사람, 자신을 단련시켜준 엄격한 사람을 만날 때마다 레오를 떠올리는 건 어떨까요? 모든 리더들의 장점을 스펀지처럼 쑥쑥 흡수하며 더 큰 선수로 자란 레오처럼 우리도 더 큰 사람으로 성장하도록 말이에요.

마라도나와의 인연

레오를 마라도나처럼 만들겠다던 어머니 셀리아의 꿈은 마침내 현실로 이뤄졌어요. 2008년 11월, 마라도나가 아르헨티나 대표팀의 감독으로 부임해 레오를 직접 가르치게 됐으니까요. 마라도나는 주저 없이 레오를 자신의 공식 후계자로 손꼽았죠.

"제 뒤를 이어 아르헨티나 축구계를 이끌어나갈 선수는 리오넬 메시입니다. 그는 훗날 펠레나 저와 어깨를 나란히 할 수 있는 최고의 선수가 될 겁니다."

마라도나는 레오를 중심으로 팀을 짜기 위해 당시의 플레이 메이커 리켈메를 외면하기 시작했어요. 리켈메는 2006년 월드컵 당시 아르헨티나 대표팀을 이끌었던 팀의 사령관이자 남미 최고의 미드필더였어요. 하지만 마라도나는 레오가 팀의 새로운 리더로 성장해주길 원했어요. 그만큼 마라도나의 레오를 향한 믿음은 대단했어요.

그러나 마라도나 감독의 굳은 믿음에도 불구하고, 레오는 기대만큼의 활약을 선보이지 못했어요. FC 바르셀로나에서 활약하는 레오와 아르헨티나 대표팀의 레오는 마치 다른 선수 같았어요. 레오는 대표팀만 오면 힘을 쓰지 못했고, 아르헨티나 사람들은 마라도나와 레오를 거세게 몰아붙였죠. 둘을 향한 비난은 아르헨티나

나, 가족 없인안 돼!

가 볼리비아에게 1-6으로 대패를 당하자 더욱 심해졌어요. 얼마 후 브라질에게도 1-3으로 패하자 아르헨티나 언론은 분노로 들끓었어요. 심지어 이런 기사를 쓴 신문도 있었죠.

"리오넬 메시는 아르헨티나 국민이 아니다. 그는 조국을 배반한 카탈루냐인이다."

아르헨티나 사람들은 레오의 애국심을 의심했어요. 스페인 리그나 유럽 리그에서 FC 바르셀로나를 우승의 반열에 올려놓곤 하는 레오가 대표팀 유니폼을 입고 월드컵에서 뛸 때마다 저조한 성적을 보였으니 그도 그럴 수밖에요. 하지만 그때마다 마라도나는 레오를 감싸며 이렇게 목소리를 높였어요.

"레오는 월드컵 본선에서 자신의 진가를 보여줄 겁니다. 진정한 최고의 선수는 본선에서 힘을 발휘하게 마련입니다."

하지만 레오는 2010년 월드컵에서 무득점에 그쳤고, 아르헨티나의 8강 탈락을 막아내지 못했어요. 레오를 향한 비판은 분노로 변했어요. 마라도나 역시 탈락의 책임을 짊어지고 대표팀 감독직에서 물러나야 했죠. 그렇다고 레오를 향한 마라도나의 믿음까지 물러난 건 아니에요.

"레오는 4년 뒤에 아르헨티나를 월드컵 우승으로 이끌 겁니다.

이번에는 실패했지만, 4년 뒤엔 반드시 해낼 겁니다. 왜냐하면 레오는 세계 최고의 선수니까요."

레오는 마라도나 감독의 마지막 한마디가 갖는 무게감을 잘 알고 있을 거예요. 비록 레오는 2014년에도, 2018년에도 월드컵 정상에 오르지 못했지만 그 도전은 2022년까지 계속될 거예요.

나. 가족 없인안 돼!

프리미어리그는 뭐고 라리가는 뭐냐고요?

유럽의 프로 리그는 월드컵 이상으로 큰 인기를 누리고 있어요. 그중에서도 잉글랜드의 프리미어리그, 스페인의 프리메라리가, 이탈리아의 세리에 A, 독일의 분데스리가는 '유럽 4대 리그'로 불리는 빅 리그들이에요. 이 리그의 상위권 팀에서 활약하는 선수들은 대부분 국가대표급 기량을 갖춘 스타 선수들이라고 볼 수 있어요. 좀 더 자세히 살펴보지요.

프리미어리그

잉글랜드의 프리미어리그는 세계에서 가장 오랜 역사를 자랑하는 전통의 축구 리그예요. 본래 '풋볼 리그'라는 이름을 갖고 있었지만, 1992년에 '프리미어리그'라는 이름으로 재탄생하며 세계 최고의 인기를 누리게 됐죠. 최근 들어 프리미어리그에는 러시아와 중동의 해외 자본이 투입되며 최고의 스타 선수들이 몰려들고 있어요. 박지성 선수가 뛰었던 맨체스터 유나이티드를 비롯해 첼시, 아스널, 리버풀, 맨체스터 시티 등이 가장 대표적인 인기 팀들이에요.

맨체스터 유나이티드

라리가

프리메라리가는 스페인 프로축구의 1부 리그를 지칭하는 말이에요. 정식 명칭은 리가 에스파뇰라, 약칭이 라리가예요. 메시가 소속된 FC 바르셀로나와 레알 마드리드는 라리가의 가장 대표적인

FC 바르셀로나

명문 구단이에요. 두 팀이 맞붙는 경기는 '엘 클라시코'라는 이름으로 불리는데, 이 경기는 세계에서 가장 인기 있는 라이벌 대결로 잘 알려져 있어요. 스페인은 전통적으로 지역감정이 심한 나라이기 때문에 각 팀들의 라이벌 의식도 대단해요. FC 바르셀로나와 레알 마드리드뿐 아니라 세비야와 베티스의 '안달루시아 더비', 데포르티보와 셀타의 '갈리시아 더비' 등은 흔히 총칼 없는 전쟁에 비유되곤 하죠. 더비는 같은 지역에 연고를 둔 다른 팀 간의 경기를 말해요.

분데스리가

바이에른 뮌헨

독일 분데스리가는 잉글랜드 프리미어리그와 함께 가장 많은 관중들이 경기장으로 모여드는 유럽의 인기 리그예요. 1970년대에 바이에른 뮌헨을 앞세워 전성기를 누렸고, 최근에도 경쟁력이 살아나고 있어요. 바이에른 뮌헨 이외에도 차범근 해설위원이 과거에 선수로 활약했던 바이어 레버쿠젠, 전통의 명문 샬케 04 등 여러 인기 팀들이 있어요. 독일에서 가장 뜨거운 라이벌 대결은 도르트문트와 샬케 04의 '루르 더비'예요.

세리에 A

AC 밀란

탈리아 세리에 A는 마라도나가 나폴리 소속으로 활약하던 1980년대에 최전성기를 누렸어요. 마라도나의 나폴리와 함께 '오렌지 삼총사'가 이끌던 AC 밀란은 한 시대를 풍미한 역사적인 강팀이었어요. 당시의 AC 밀란은 1980년대 후반~1990년대 초반에만 세 차례나 챔피언스리그 우승을 차지했죠. 유벤투스, AC 밀란, 인터 밀란이 '3대 명문'으로 불리지만 AS 로마와 나폴리 등도 빼놓을 수 없는 인기 구단들이에요. 스페인과 마찬가지로 이탈리아 역시 지역감정이 심하기 때문에 각 팀들의 라이벌 의식이 다른 나라보다 치열한 편이에요.

축구, 이것만은 알고 봐요!

나는 FC 바르셀로나에서 겸손함을 배웠다

"큰 물고기는 큰물에서 놀아야 한다."

– 영어 속담 중에서

오늘의 나를 만든
FC 바르셀로나

"메시가 뛰지 않을 때도 FC 바르셀로나는 세계 최고의 팀이었다.
메시가 가세한 FC 바르셀로나는 마치 다른 세상에서 온 팀 같다."

아틀란테의 호세 크루스 전 감독

좋은 환경에서 꾸준히 재능을 발달시킨 사람들은 자신의 목표에 훨씬 더 빨리, 더 가까이 갈 수 있어요. 사람은 물고기와 같은 존재여서 작은 못 안에 두면 못 안에서만 살고, 큰 바다에 풀어두면 마음껏 헤엄치게 마련이죠. 그래서 좋은 환경은 재능만큼이나 중요해요. 레오가 성공할 수 있었던 것도 최고의 명문 구단 FC 바르셀로나에서 선수 생활을 했기 때문이에요.

세계 최고의 축구사관학교, 라 마시아

FC 바르셀로나의 유스 아카데미는 거대한 축구사관학교와도 같아요. 어린 선수들을 훈련시킨다는 단순한 목표보다 그 선수들에게 FC 바르셀로나만의 축구 철학을 심어주기 위해 만들어졌죠.

스페인에선 FC 바르셀로나의 유스 아카데미를 '라 마시아La Masia' 라고 불러요. 마시아는 1950년대까지 카탈루냐 지방의 여관이었다고 해요. 이 여관을 개조하여 FC 바르셀로나 유스 팀 선수들의 숙소로 만들었기 때문에 마시아란 이름이 생겨난 거예요.

오늘날 라 마시아는 1년에 600만 유로(우리 돈 92억 원)의 예산이 투입되는 세계 최대 규모의 유스 아카데미로 명성을 떨치고 있어요. 각국에서 모여든 어린 선수들을 관리하는 만큼 엄청난 돈이 들어가죠. 라 마시아에서 생활하는 어린 선수들은 축구 훈련뿐 아니라 건강관리와 인성 교육까지 받아요. 대한민국의 어린 스타 이승우 선수와 백승호 선수도 라 마시아 출신으로 유명하지요.

최근 들어 라 마시아 출신의 FC 바르셀로나 선수들이 눈부신 활약을 선보이고 있는데요. 스페인 대표팀의 2010년 월드컵 우승 멤버 23명 가운데 총 9명이 바로 라 마시아 출신이었죠. 2010년 최고의 선수에게 주어지는 '피파 발롱도르' 상의 3인 후보 명단에는 바르셀로나의 메시와 사비, 이니에스타가 나란히 이름을 올렸는

나는 FC 바르셀로나에서 겸손함을 배웠다

FC 바르셀로나의 유스 아카데미인 라 마시아의 도서관 전경.
라 마시아는 축구 기술뿐 아니라 축구를 이해하고 즐기도록 하는 데 교육의 초점을 맞추고 있다.

데요. 이들은 모두 라 마시아 출신이었어요. 이렇게 되자 라 마시아 자체가 화젯거리로 떠올랐어요.

"나는 FC 바르셀로나에서 겸손한 마음, 매일매일 연습하는 성실성, 팀을 위해 골을 내놓는 희생정신을 배웠습니다."

레오가 했던 이 말만큼 FC 바르셀로나를 잘 설명하는 말도 없는 것 같아요. 그런데 FC 바르셀로나의 이런 정신은 바로 라 마시아의 교육에서 비롯된 것이라 할 수 있어요.

대체 FC 바르셀로나의 라 마시아에는 무엇이 있는 걸까요? 어떻게 라 마시아 출신 선수들이 세계 축구 무대를 휩쓸게 되었을까요? 아마도 라 마시아에서 가르치는 FC 바르셀로나 고유의 정신과 연관 있을 거예요. 라 마시아의 코치들은 축구를 잘하는 것보다는 즐기는 것, 축구를 열심히 하는 것보다는 이해하는 것에 중점을 두고 교육한다고 해요. 그 때문에 라 마시아 출신 선수들은 어떤 상황에서도 여유를 갖고 경기를 주도할 수 있게 되었죠.

레오는 아마도 라 마시아의 정신에 가장 잘 부합되는 선수일 거예요. 그는 굳이 누가 가르쳐주지 않아도 누구보다 축구를 즐길 줄 아는 선수였어요. 아버지 호르헤의 가르침이 라 마시아의 정신과 정확히 일치했기 때문인지도 모르죠. 호르헤는 레오에게 축구를 잘하기보다는 즐기라는 말을 입버릇처럼 반복했으니까요. 레오가 다른 구단이 아닌 FC 바르셀로나로 온 것은 어쩌면 행운인

나는 FC 바르셀로나에서 겸손함을 배웠다

지도 모르겠어요.

레오처럼 자기 자신과 딱 맞는 구단을 찾는 것, 우리 상황에 대입해서 말한다면 자기 자신과 잘 맞는 학교나 학과, 학원을 찾는 것은 매우 중요한 일이에요. 특별한 재능을 갖고 있다면 걸맞은 교육기관을 찾는 것이 맨 처음 할 일이죠. 거기서 무딘 철은 강철로 단련되는 법이니까요.

레오뿐 아니라 세계적인 축구 선수들은 모두 더 나은 환경을 찾아 고향을 떠났어요. 펠레도 열다섯 살에 고향을 떠나 브라질 최고의 팀인 산토스로 갔어요. 산토스로 간 지 20개월 만에 고국에 월드컵 우승을 안겼죠. 호날두 역시 고향 섬을 떠나 포르투갈 본토에 진출한 뒤 축구 전성기를 맞았어요. '차붐'을 일으킨 차범근 해설위원도 독일에 진출하지 않았다면 세계적인 선수가 될 수 없었겠죠. 박지성 선수 역시 고교 시절까지는 잉글랜드 프리미어의 존재조차도 모르고 맨체스터 유나이티드에 입단한 이후 아시아 축구의 새로운 역사를 썼어요.

황금의 카데테, '21-0'의 기록

열네 살의 레오는 카데테 B팀에서 정식으로 FC 바르셀로나 구단 생활을 시작했어요. 스페인 축구팀의 유스 아카데미는 스페인

메시, 축구는 키로 하는 게 아니야

어로 '칸테라Cantera'라고 불리는데, 이 칸테라는 선수들의 나이에 맞게 총 5개의 큰 카테고리로 나뉘는 것이 보통이에요. 만 8~10세의 선수들은 '벤하민Benjamin' 팀에, 만 11~12세의 선수들은 '알레빈Alevin' 팀에, 만 13~14세 선수들은 '인판틸Infantil' 팀에, 만 15~16세 선수들은 '카데테Cadete' 팀에, 그리고 만 17~18세 선수들은 '후베닐Juvenil' 팀에 소속되는 거죠.

이 5개의 팀은 또다시 나이에 맞게 A팀과 B팀으로 구분돼요. 레오의 경우 실력이 워낙 뛰어났기 때문에 14세 때 15세 선수들이 뛰는 카데테 A팀에 소속될 뻔했다고 해요. 하지만 축구협회가 허락해주지 않아 카데테 B팀에서 활약해야 했어요.

어쩌면 레오에겐 B팀부터 FC 바르셀로나 생활을 시작한 것이 커다란 행운이었는지도 몰라요. 당시 라 마시아의 카데테 B팀엔 파브레가스, 피케, 바스케스와 같은 엄청난 유망주들이 포진해 있었기 때문이에요.

카데테 B팀 선수들의 실력은 정말로 대단했어요. 세계 유스 클럽 대회 결승에서는 21-0으로 상대 팀을 꺾는 바람에 '황금의 카데테'라는 별명이 붙기도 했죠. 카데테 B팀은 리그에서도 무패로 우승을 차지하며 새로운 전설을 만들어나갔어요.

카데테 B팀의 맹활약에 힘입어 레오도 열다섯 살 때부터 최고의 유망주로 명성을 떨칠 수 있었죠. 혼자 아무리 빼어나도 팀이 우

나는 FC 바르셀로나에서 겸손함을 배웠다

승하지 못하면 유력한 선수로 주목받기는 힘들어요. 그만큼 축구 선수에게 소속 팀은 중요한 자리를 차지해요.

　FC 바르셀로나 유스 팀에 제2의 마라도나가 나타났다는 소문은 빠르게 전 세계로 퍼져나갔어요. 레오가 열여덟 살의 어린 나이로 2005년 세계청소년선수권대회●에 참가할 수 있었던 것도 어떻게 보면 카데테 B팀에 대한 소문이 워낙 자자했기 때문이에요. 소문을 전해들은 토칼리 감독은 레오를 청소년 대표팀에 발탁했고, 레오는 2005년 대회에서 아르헨티나를 우승으로 이끌며 스타덤에 올랐죠.

　최고의 동료들 곁에서 활약한 덕에 레오는 그만큼 빠르게 성장할 수 있었어요. FC 바르셀로나 생활에 적응하는 건 쉽지 않았지만, 레오가 좋은 환경에서 많은 혜택을 받았다는 건 분명한 사실인 것 같죠?

우리가 왔다 축구여!

레오는 라 마시아를 졸업한 뒤에도 최고의 선수들과 함께 뛸 수 있었어요. 레오가 막 성인 무대에 데뷔했을 때 FC 바르셀로나는 전성기를 누리고 있었죠. 스페인 언론은 호나우지뉴, 에투, 사비 등이 활약하는 FC 바르셀로나를 '제2의 드림팀'이라 불렀어요. 그만큼 FC 바르셀로나의 전력은 막강했고, 레오에게 주어진 환경 역시 최고였어요.

나는 FC 바르셀로나에서 겸손함을 배웠다

드림팀의 탄생

'드림팀dream team'이란 말 그대로 '꿈의 팀'이란 뜻이에요. 드림팀은 본래 1992년 바르셀로나 올림픽에 참가한 미국 농구 대표팀의 애칭이었어요. 당시 미국 대표팀에는 마이클 조던을 비롯한 최고의 선수들이 포진해 있었기 때문이었죠.

1992년 올림픽이 끝난 뒤 스페인 언론들은 FC 바르셀로나를 '축구의 드림팀'이라 부르기 시작했어요. 스페인이 올림픽 우승을 차지한 것은 물론, 요한 크루이프 감독이 이끌던 FC 바르셀로나 역시 압도적인 실력으로 유럽 리그 우승을 차지했기 때문이에요.

그 후로 10년이 지난 뒤, FC 바르셀로나는 새로운 드림팀의 탄생을 지켜볼 수 있었죠. 호나우지뉴, 에투, 사비 그리고 레오 등을 앞세운 바르셀로나는 일순에 유럽 최강 팀으로 떠올랐어요. 유럽 챔피언스리그와 프리메라리가를 모두 제패한 거예요. 축구 강호들의 결전의 장에서 2관왕을 차지할 수 있다는 사실 자체가 경이로운 일이었죠.

축구 팬들은 제2의 드림팀이 된 FC 바르셀로나를 향해 모든 기대와 환호를 쏟아 부었어요. 최고의 선수들로 최고의 팀을 만들어 낸 FC 바르셀로나에겐 그야말로 거칠 것이 없어 보였죠. 그랬던 FC 바르셀로나에게 첫 위기가 찾아온 건 호나우지뉴의 추락 이후

유럽 챔피언스리그와 프리메라리가를 비롯한 6개 대회에서 모두 우승을 차지해
유럽 축구 역사상 최초로 6관왕을 달성한 FC 바르셀로나.

였어요.

　누구나가 인정하는 세계 최고의 선수였던 호나우지뉴는 급격한 내리막길을 걸었어요. FC 바르셀로나가 부진에 빠졌을 때 나이트클럽을 드나들던 모습이 언론에 실린 뒤로 호나우지뉴는 팬들의 사랑과 믿음마저 잃어버리고 말았어요. 결국 FC 바르셀로나는 호나우지뉴를 방출하고 레오 중심으로 팀을 개편하기로 결정했죠.

　FC 바르셀로나는 팀 개편을 위해 감독을 교체해야 했어요. 레이카르트 감독이 물러나고 펩 과르디올라가 새로 지휘봉을 잡았죠. 앞서도 말했듯이 펩은 FC 바르셀로나의 첫 드림팀 시절 미드필드를 장악했던 스타 출신이었어요. 따라서 누구보다 FC 바르셀로나를 잘 알고 있는 인물이었죠. 선수들 역시 '대선배'인 펩을 진심으로 따랐어요. FC 바르셀로나는 펩의 리더십과 레오를 앞세워 다시금 최강의 자리를 되찾았어요.

이전에도 이후에도 없을 최강 팀, FC 바르셀로나

　펩의 FC 바르셀로나는 유럽 축구 역사를 새롭게 바꿔나갔어요. 2008-2009 시즌, 펩은 부임 첫해에 유럽 챔피언스리그를 제패하는 지도력을 선보였어요. 이뿐만이 아니에요. FC 바르셀로나는 챔피언스리그와 프리메라리가를 비롯한 6개 대회에서 모두 우승을 차지하며 6관왕을 달성했어요. 이런 '전관왕'은 유럽 축구 역사 상 처음으로 탄생한 대기록이었어요. 축구 팬들은 펩의 FC 바르셀로나가 첫 드림팀을 뛰어넘었다며 열렬한 박수를 보냈죠.

FC 바르셀로나를 6관왕으로 이끈 레오 역시 세계 최고의 선수로 떠올랐어요. 호나우지뉴의 시대가 막을 내리고 레오의 시대가 새롭게 열린 거예요. 2009-2010 시즌에는 무리뉴 감독이 이끄는 인터 밀란에 가로막혀 4강에 머물렀지만, 이듬해엔 다시 한번 챔피언스리그 우승을 차지했어요. FC 바르셀로나를 황금시대로 이끈 레오는 '축구 황제' 펠레, '축구 신동' 디에고 마라도나, '아트 사커' 지네딘 지단과 같은 전설적인 선수들과 어깨를 나란히 하게 됐어요. 심지어 FC 바르셀로나를 축구 역사상 최강의 팀으로 평가하는 전문가들도 나타나기 시작했어요. 이탈리아를 2006년 월드컵 우승으로 이끈 마르첼로 리피 감독은 이런 말을 남기기도 했죠.

"축구 역사를 돌이켜 보면 1970년대의 아약스, 1980년대의 AC 밀란과 같은 팀이 최고의 황금기를 보냈다. 그러나 지금의 FC 바르셀로나는 다른 모든 팀을 뛰어넘는 역대 최고의 팀이다."

골을 더 많이 넣고 싶어, 언제나

이처럼 레오가 세계 최고의 선수로 우뚝 설 수 있었던 이유는 최

나는 FC 바르셀로나에서 겸손함을 배웠다

고의 동료들과 함께했기 때문이에요. 물론 레오의 활약을 빼놓고 FC 바르셀로나의 성공을 이야기할 수는 없어요. 하지만 사비, 이니에스타, 비야와 같은 최고의 동료들이 없었다면 레오가 지금처럼 성공할 수는 없었을 거예요. 최고의 축구팀은 11명이 힘을 합쳐야 탄생할 수 있는 법이니까요.

"축구팀은 피아노와 같다. 피아노를 연주할 수 있는 건 3명뿐이지만, 연주회장으로 옮기는 데는 8명이 필요하다."

리버풀의 빌 샹클리가 했던 유명한 이 말을 여러분도 혹시 알고 있나요? 세상은 몇 명의 골잡이 스타만 기억하지만 정작 축구는 수비수와 공격수가 각자 몫을 충실히 해줄 때 '승리'라는 목표를 따낼 수 있는 스포츠예요. 레오가 아무리 뛰어나도 다른 선수들이 없었다면 오늘의 FC 바르셀로나도 없었을 테고, 오늘의 레오도 없었을 거예요.

레오는 분명 최고의 환경에서 많은 혜택을 누려왔어요. 이건 레오가 넘어서야 할 '전설' 마라도나와의 커다란 차이예요. 왜냐하면 마라도나는 그닥 좋지 못한 환경에서 현역 생활을 했으니까요. 마라도나가 활약하던 시절의 아르헨티나는 최악의 경제난을 겪고 있었고, 동료 선수들도 세계적인 스타플레이어가 아니었어요. 마라도나의 소속 팀 나폴리 역시 AC 밀란이나 유벤투스에 비해 훨씬 전력이 뒤처지는 팀이었죠.

그럼에도 불구하고 마라도나는 아르헨티나를 1986년 월드컵 우승으로, 1990년 월드컵 준우승으로 이끌었어요. 소속 팀 나폴리에게 두 차례 리그 우승과 한 차례 UEFA컵 우승을 선사하기도 했고요. 그만큼 마라도나는 혼자의 힘으로 팀 전체를 바꿀 수 있는 엄청난 힘을 지닌 선수였어요. 마라도나는 아르헨티나와 나폴리의 구세주나 다름이 없었죠.

레오가 마라도나를 넘어서기 위해선 아직 더 많은 걸 보여줘야만 해요. 레오는 최고의 동료들과 함께 더 많은 골을 넣고 더 많은 우승을 차지했지만, 아직 마라도나만큼의 카리스마를 보여주진 못했으니까요. 레오 자신도 이 사실을 잘 알고 있어요. 그래서 수많은 승리를 거두고 난 지금도 승부욕을 감추지 않고 있죠.

"저는 언제나 승리하고 싶습니다. 골을 더 많이 넣고 싶고요."

어느새 30대 베테랑이 된 레오에겐 이전처럼 많은 시간이 남아 있지는 않아요. 축구 역사상 최고의 선수가 되기 위해선 역시 '월드컵 우승'이란 마지막 과제를 완수해야 하겠죠? 레오는 분명 할 수 있을 거예요.

나는 FC 바르셀로나에서 겸손함을 배웠다

아르헨티나여 울지 말아요

"아르헨티나 대표팀에는 재능 있는 선수들이 많다. 이 선수들이
하나의 팀 안에서 뭉칠 수만 있다면 월드컵 우승도 할 수 있을 것이다.
월드컵 우승까지 나는 절대 멈추지 않을 것이다."

리오넬 메시

레오는 FC 바르셀로나의 유니폼을 입고 세계 최고의 선수로 우뚝 섰어요. 하지만 아르헨티나 대표팀에선 그만큼 좋은 활약을 보여주지 못했죠. 아르헨티나가 2010년 남아공 월드컵 8강에서 탈락하자 레오는 쏟아지는 비난을 피할 수 없었어요. 크게 실망한 아르헨티나 국민들은 이렇게 외쳤죠. "리오넬 메시는 제2의 마라도나가 아니다."

전차군단의 벽에 막히다

2010년 남아공 월드컵을 앞둔 시점, 누가 뭐래도 아르헨티나는 최고의 우승 후보였어요. 세계적인 스타 마라도나가 팀을 이끌고 있었고, 레오 이외에도 테베스, 이과인, 아구에로, 베론, 마스체라노와 같은 스타 선수들이 포진하고 있었어요.

무엇보다 세계 최고의 선수로 우뚝 선 레오의 존재는 아르헨티나에게 커다란 희망을 심어줬어요. 아르헨티나 국민들은 레오가 24년 전의 마라도나처럼 조국을 월드컵 우승으로 이끌어줄 거라 굳게 믿었죠.

아르헨티나는 대한민국과 나이지리아, 그리스를 상대로 3승을 거두며 손쉽게 16강에 진출했어요. 16강에서도 멕시코를 3-1로 제압하는 막강함을 선보였죠. 비록 레오는 무득점에 그쳤지만 수준 높은 플레이로 팀 공격을 주도했어요. 이때까지만 해도 레오의 월드컵을 향한 도전은 순조롭게 진행되고 있었어요.

레오의 앞을 가로막은 건 '전차군단' 독일이었어요. 독일에는 레오만 한 최고의 스타는 없었지만, 그 대신 막강한 조직력과 빠른 스피드가 강점이었어요. 아르헨티나는 경기 시작 3분 만에 독일의 뮐러에게 선제골을 허용했어요. 독일은 강한 압박과 번개 같은 역습으로 아르헨티나를 궁지로 몰아넣었어요. 마라도나 감독의

나는 FC 바르셀로나에서 겸손함을 배웠다

이마에는 땀방울이 맺혔죠.

독일 관중들의 응원은 뜨겁게 달아올랐어요. 반면 아르헨티나 관중들은 숨죽인 채 경기를 지켜봐야 했죠. 아르헨티나 관중들은 마음속으로 구세주를 기다렸을지도 몰라요. 마라도나가 위기 때마다 아르헨티나를 구해냈던 것처럼, 등번호 10번을 물려받은 레오도 그렇게 해줄 거라 믿고 있었죠. 벤치에 앉아 있던 마라도나 감독 역시 같은 심정이었을 거예요.

하지만 레오는 마라도나와는 달리 아르헨티나를 구해내지 못했어요. 레오의 몸놀림은 다른 어느 때보다 무거워 보였죠. 덩치 큰 독일 선수들과의 몸싸움에 밀려 그라운드 위에 나뒹굴기 일쑤였어요. 레오가 우왕좌왕 헤매는 사이 독일 관중석에서 다시 한번 커다란 함성 소리가 터져 나왔어요. 후반 23분, 독일의 클로제가 포돌스키의 패스를 받아 추가 골을 성공시킨 거예요.

0-2로 스코어가 벌어지자 아르헨티나는 급격히 무너지기 시작했어요. 2골을 추가로 내준 아르헨티나는 결국 0-4로 참패를 당하고 말았죠. 아르헨티나 관중석은 망연자실했고, 레오는 말없이 눈물을 흘렸어요. 월드컵은 지구촌을 뜨겁게 달구는 축제의 장이지만, 냉정한 승부의 세계이기도 해요. '총칼 없는 전쟁'에서 패배한 레오는 아르헨티나로 돌아가 거센 비난을 감당해야만 했죠.

2010년 남아공 월드컵의 독일전 경기 장면. 아르헨티나 국민들의 기대를 한 몸에 받고 출전한 레오는 덩치 큰 선수들에 가려 무기력하게 무너지고 만다.

메시, 축구는 키로 하는 게 아니야

Don't cry for me Argentina

아르헨티나여, 나를 위해 울지 말아요.

The truth is I never left you

진실로 난 당신을 저버리지 않았답니다.

All though my wild day

지금까지 이 힘든 나날 속에서도

My mad existence

이 미칠 것 같은 삶 속에서도

I kept my promise

난 당신과의 약속을 지켜왔어요.

Don't keep your distance

그러니 나에게서 멀리 떠나지 말아요.

And as for fortune, and as for fame

재산이나 명예나

I never invited them in

난 그런 것들을 욕심낸 적 없어요

Though it seemed to the world they were all desired

비록 세상 모든 사람들은 이런 것들을 열망할지 모르지만

They are illusion

그것들은 환상에 불과하죠.

They're not the solutions they promised to be

비록 그렇게 보일지라도 그것들은 진정한 해결책이 아니랍니다.

The answer was here all the time

진정한 해답은 여기 이곳에 항상 있어요.

I love you and hope you love me

난 당신들을 사랑합니다. 그리고 당신들도 날 사랑해주었으면 좋겠어요.

여러분은 혹시 이 노래를 들어본 적 있나요? 뮤지컬 〈에비타 Evita〉의 주제곡으로 유명한 이 곡은 전 아르헨티나 영부인 에바 페론이 세상을 떠나기 전 민중들을 향해 불렀던 노래예요. '에비타'라는 애칭을 갖고 있던 페론 부인은 '따뜻한 리더십'으로 아르헨티나 국민들의 사랑을 한 몸에 받았던 인물이죠. 누구보다 가난한 사람들을 위해 힘썼기 때문에 '서민들의 어머니'로 불리기도 했어요.

영부인 페론이 남긴 이 노래는 마치 레오의 마음을 대신 말해주고 있는 것 같아요. '난 당신들을 사랑합니다. 그리고 당신들도 날 사랑해주었으면 좋겠어요.'라고 말이죠.

남아공 월드컵에서 아르헨티나를 구해내지 못한 레오는 국민들의 엄청난 비난에 시달려야 했죠. 레오는 아르헨티나를 위해 최선을 다했지만, 사람들은 그 마음을 몰라줬어요. 심지어 이렇게 비아냥거리는 사람들도 있었어요.

나는 FC 바르셀로나에서 겸손함을 배웠다

"리오넬 메시는 아르헨티나인이 아니라 스페인 사람이다. 당장 바르셀로나로 돌아가라!"

대부분의 아르헨티나 축구 팬들은 레오가 FC 바르셀로나에선 최선을 다해 뛰지만, 아르헨티나 대표팀에선 그만큼의 열정이 없다고 생각했어요. 청소년 시절부터 FC 바르셀로나에서 생활했던 레오였기 때문에 마치 '이방인'처럼 받아들였던 거예요. 누구보다도 조국 아르헨티나를 사랑했던 레오는 얼마나 큰 상처를 받았을까요? 아마도 마음속으로 이런 노래를 불렀을 거예요.

'아르헨티나여, 나를 위해 울지 말아요. Don't cry for me Argentina. 진실로 난 당신을 저버리지 않았답니다. The truth is I never left you.'

불가능, 그것은 아무것도 아니야

시계를 조금 거꾸로 돌려 때는 1982년 6월, 아르헨티나는 월드컵 우승의 꿈으로 부풀었어요. 4년 전 처음으로 월드컵 우승을 차지했던 아르헨티나는 이번에도 최강의 우승 후보로 주목받고 있었죠. 아르헨티나 대표팀은 만 스물한 살의 어린 나이로 세계 정상에 우뚝 선 디에고 마라도나라는 젊은 스타를 앞세웠어요. 마라도나는 국민들의 기대를 한 몸에 받았고, 무거운 짐을 젊어지고 1982년 월드컵에 참가해야 했어요.

아직 젊고 경험이 부족했던 마라도나는 주위의 압박을 이겨낼 수 없었어요. 상대 선수들의 집중적인 태클과 몸싸움도 생각보다 훨씬 격렬했고요. 이탈리아 수비수 젠틸레는 마라도나의 두 발을 완벽하게 묶어놓았고, 결국 아르헨티나는 1-2로 패배하고 말았어요. 마음이 다급해진 마라도나는 브라질과의 다음 경기에서 상대 선수의 급소를 걷어차 퇴장을 당하기까지 했어요. 1-3 참패. 아르헨티나는 탈락했고, 마라도나는 거센 비난에 시달려야만 했어요.

"마라도나, 당신은 우리의 영웅이 아니었어. 아르헨티나 축구는 또다시 어둠 속으로 빠져들고 말 거야!"

그러나 4년 뒤 마라도나는 시련을 이겨내고 진정한 최고의 선수로 우뚝 섰어요. 아르헨티나를 1986년 월드컵 우승으로 이끈 거예요. 마라도나는 스물다섯 살의 나이로 이 대회를 자신의 독무대로 만들었어요. 5골 5도움을 기록한 마라도나는 대회 MVP를 차지하며 월드컵 최고의 영웅으로 이름을 올렸죠. 은퇴 후 마라도나는 브라질의 축구 황제 펠레와 함께 축구 역사상 최고의 선수로 우리에게 기억되고 있어요.

다시 시계를 돌려 2010년 6월, 독일 - 아르헨티나전에서 레오는 독일의 덩치 큰 미드필더들에게 완전히 가로막혔고 아르헨티나는 0-4로 패배하고 말았죠. 레오는 마라도나 감독의 품에 안겨 뜨거운 눈물을 흘렸어요. 1982년 월드컵에서 똑같은 상처를 가슴에

나는 FC 바르셀로나에서 겸손함을 배웠다

새겼던 마라도나 감독은 레오를 품에 안고 이렇게 말했을지도 몰라요.

"지금의 아픔을 잊지 말고 기억해라. 네가 이 아픔을 가슴에 새겨두고 노력한다면, 4년 뒤엔 나처럼 월드컵 우승을 차지할 수 있을 거야."

2014년, 레오는 스물일곱 살의 나이로 다시 한번 월드컵에 참가했어요. 4년 전과 달리 아르헨티나를 결승까지 이끈 레오였지만, 이번에도 독일의 높은 벽을 넘어설 수는 없었죠.

독일과의 결승전은 90분 동안 0-0으로 승부를 가리지 못한 채 연장까지 경기가 계속됐어요. 불행히도 최후의 주인공은 레오가 아니었어요. 종료 직전에 천금과도 같은 결승골을 터뜨린 선수는 독일의 마리오 괴체였고, 레오는 4년 전과 같이 뜨거운 눈물을 흘려야만 했죠.

어린 시절, 성장호르몬에 문제가 있던 레오는 어디에서든 가장 작은 소년이었어요. 친구들과 축구를 하거나 길거리를 거닐 때에도 레오의 키는 항상 작았죠. 레오는 정상적인 키를 갖기 위해 매일 밤 다리에 주사를 맞아야 했어요. 하루는 이쪽, 다음 날엔 저쪽, 작고 약한 다리에 매일매일……. 가족들과 떨어져 바르셀로나에 있으면서는 스스로 아픈 주사를 놓으며 외로움과 맞서 싸워야 했어요. 키가 자라지 않을지도 모른다는 불안감, 가난 때문에 생

메시, 축구는 키로 하는 게 아니야

긴 치료비 문제, 쉽지 않았던 스페인 적응, 가족들과 헤어진 뒤에 찾아온 외로움……. 레오는 이 모든 시련을 이겨내고 세계 최고의 선수로 우뚝 섰어요.

레오에겐 타고난 재능이 있었고, 시련을 이겨낼 만큼 강한 열정도 있었죠. 소중한 가족들과 친구들, 그리고 훌륭한 스승들도 항상 레오를 곁에서 이끌어줬어요. FC 바르셀로나라는 최고의 팀에서 최고의 선수들과 한 팀을 이룬 레오는 지금도 축구 역사를 새롭게 바꿔나가고 있어요.

레오는 2018년 월드컵에서도 우승을 차지할 수는 없었어요. 어느덧 30대가 된 레오에겐 앞으로 단 한 번의 기회만이 남아 있을 뿐이에요. 2022년에 열리는 마지막 대회에서, 서른다섯 살의 나이로 과연 월드컵 정상에 오를 수 있을까요?

나는 FC 바르셀로나에서 겸손함을 배웠다

소년들이여,
희망을 들어 올리자

"메시를 위한 팀을 만들 것이다.
어리고 재능 있는 선수들이 메시를 위해 헌신할 수 있다면,
아르헨티나의 월드컵 우승은 충분히 가능하다."

리오넬 스칼로니(아르헨티나 대표팀 감독)

레오는 2018년 러시아 월드컵에서 실패한 뒤에도 최고의 선수로서 경력을 이어갔어요. 그리고 4년 뒤 2022년 카타르 월드컵에서 마지막 우승에 도전하게 됐죠. 새롭게 대표팀 감독으로 부임한 스칼로니는 이렇게 말했어요. "메시를 위한 팀을 만들 것이다. 그렇게 할 수 있다면 아르헨티나의 월드컵 우승은 충분히 가능하다." 레오의 월드컵 정상을 향한 마지막 도전이 시작되는 순간이었어요.

메시, 축구는 키로 하는 게 아니야

바르셀로나와 결별하다

2020년 8월 26일, 레오는 친정팀 FC 바르셀로나 측에 이적 요청서를 제출했어요. 레오는 계약 해지 조항을 발동시켜 팀을 떠나길 원했어요.

그 이유는 방만한 팀 운영과 무리한 선수 영입으로 FC 바르셀로나의 전력 약화를 불러일으킨 주제프 마리아 바르토메우 회장 때문이었어요. 바르토메우 회장은 독단적으로 팀의 주축 선수들을 팔아치웠고, 재정적인 문제를 일으켜 FC 바르셀로나를 긴 암흑기로 몰아넣었죠.

그 결과 FC 바르셀로나는 2019-2020 UEFA 챔피언스리그 8강전에서 바이에른 뮌헨에게 2-8로 대패하는 굴욕을 겪어야 했어요. 레오는 이 패배를 겪은 뒤 자존심에 큰 상처를 입었고, 새로운 팀에서 새로운 도전을 하길 원했죠.

1년 동안의 긴 분쟁 끝에 레오는 프랑스의 유서 깊은 수도, 파리에 도착했어요. 어린 시절부터 몸담았던 FC 바르셀로나를 떠나 파리 생제르맹 FCPSG과 새로운 계약을 체결한 것이었어요. PSG에는 레오의 FC 바르셀로나 시절 동료였던 네이마르, 프랑스를 2018년 월드컵 우승으로 이끌었던 킬리안 음바페와 같은 세계적인 스타 선수들이 이미 자리를 잡고 있었죠.

나는 FC 바르셀로나에서겸손함을 배웠다

FC 바르셀로나가 지는 해라면, PSG는 뜨는 해나 다름없는 팀이었어요. 레오는 최고의 동료들과 함께 2021-22 시즌 프랑스 리그앙 우승 트로피를 들어 올렸죠. 전반기에는 기대에 못 미치는 모습을 보여줬지만, 후반기 활약상은 우리가 알던 레오의 모습 그대로였어요.

레오는 데뷔 시즌이었던 2021-22 시즌에 프랑스 리그1 26경기 6골 14도움, 챔피언스리그 7경기 5골, 총 34경기 11골 14도움이란 준수한 성적표를 남겼어요. PSG에서의 새 출발에 성공한 레오는 이제 아르헨티나 대표팀 유니폼을 입고 숙원을 달성해야 했어요. 바로 월드컵 우승 트로피를 들어 올리는 것이었죠.

아르헨티나의 화려한 부활

2021년 6월 13일, 아르헨티나의 영원한 라이벌 브라질에서 제47회 코파 아메리카 대회가 개최됐어요. 레오는 월드컵 1년 전에 펼쳐지는 이 대회에서 반드시 우승하길 원했죠.

아르헨티나 대표팀은 젊은 감독 리오넬 스칼로니의 휘하에서 세대교체를 진행 중인 상태였어요. 아직 어리지만 재능과 패기가 넘치는 선수들을 앞세워 28년 만의 우승에 도전장을 내밀었어요.

8강에서 에콰도르를 3-0, 준결승에서 콜롬비아를 승부차기 끝에 3-2로 꺾은 아르헨티나는 결승전에서 개최국 브라질과 마주했어요. 아르헨티나와 브라질은 한국과 일본처럼 오랜 앙숙이자 이웃 라이벌 관계였어요.

어느덧 30대 노장 선수가 된 레오는 브라질과의 결승전에서 원숙미 넘치는 플레이를 보여줬어요. 젊은 시절만큼 역동적이고 폭발적이지는 않았지만, 그 대신 경기의 흐름을 조절하고 팀을 승리로 이끄는 노련미가 단연 압권이었죠.

아르헨티나는 레오의 성숙해진 플레이와 어린 선수들의 고른 활약에 힘입어 브라질을 1-0으로 꺾고 우승을 차지했어요. 레오는 대회 MVP에게 주어지는 골든볼과 득점왕에게 주어지는 골든부트를 동시에 수상하며 최고의 영예를 누릴 수 있었죠.

스칼로니 감독 휘하에서 세대교체에 성공한 아르헨티나는 2022년 카타르 월드컵을 앞두고 강한 자신감을 내비쳤어요. 아르헨티나 사람들은 더 이상 울지 않았고, 36년 만의 월드컵 우승을 차지할 수 있다는 희망에 부풀기 시작했어요. 그들에겐 불가능을 가능으로 만드는 선수, 레오가 있었기 때문이죠.

마침내 월드컵을 들어 올리다

레오가 2022년 카타르 월드컵에 임하는 각오는 그야말로 남달

나는 FC 바르셀로나에서 겸손함을 배웠다

랐어요. 어느덧 만 35세가 된 레오에겐 이 대회가 마지막 월드컵이 될 수밖에 없었어요. 레오는 어린 선수들을 이끌고 자신의 모든 것을 불태우고자 했고, 전 세계 언론들은 그러한 레오의 출전을 마지막 춤, 즉 '라스트 댄스Last Dance'라고 표현했어요.

하지만 첫 경기 출발은 좋지 못했죠. 조별 리그 C조의 최약체로 분류되던 사우디아라비아에게 1-2 역전패를 당하고 만 것이었어요. 레오는 페널티킥으로 선제 득점을 성공시켰지만, 후반전에 수비가 무너지는 것까지 막아낼 수는 없었죠.

아르헨티나는 물러설 수 없다는 각오로 조별 리그 두 번째 경기에 임했어요. 상대 팀은 북중미의 강호 멕시코였어요. 해결사는 역시 레오였지요. 레오는 1골 1도움 포함, 맹활약을 펼치며 아르헨티나의 2-0 승리를 이끌었어요.

폴란드마저 2-0으로 완파한 아르헨티나는 16강 무대에 안착했고, 사람들은 레오의 라스트 댄스가 우승까지 이어질 수 있다는 기대감을 품기 시작했어요.

레오는 오스트레일리아와의 16강전에서도 선제골 포함, 최고의 활약을 펼치며 아르헨티나를 2-1 승리로 이끌었어요. 매 경기 뜨거운 응원을 펼치던 아르헨티나 팬들은 입을 모아 노래를 부르기 시작했어요.

그 노래의 가사에는 〈아르헨티나여, 나를 위해 울지 말아요〉처럼 구슬픈 내용 아닌, 꿈과 희망으로 가득 찬 내용이 담겨 있었어요. 어떤 노래인지 궁금하다고요? 같이 한번 들어볼까요?

소년들이여, 우리의 희망을 다시 높이 들어 올리자
Muchachos, ahora nos volvimo' a ilusionar

Muchachos

애들아

Ahor nos volvimos a ilusionar

이제 다시 즐길 시간이야

Quiero ganar la tercera

세 번째 우승을 원하고 있어

Quiero ser campeón mundial

세계 챔피언이 되고 싶어

Y al Diego

그리고 마라도나가

Desde el cielo lo podemos ver

저 하늘에 있는 걸 볼 수 있어

Con Don Diego y La Tota

마라도나가 그의 부모님과 함께

Alentándolo a Lionel

메시를 응원하고 있다는 걸

나는 FC 바르셀로나에서 겸손함을 배웠다

아르헨티나 사람들은 2020년에 세상을 떠난 디에고 마라도나가 하늘에서 레오를 응원하고 있다고 굳게 믿었어요. 그리고 유명한 가요의 가사를 위와 같이 바꿔 응원가로 부르기 시작했어요.

아르헨티나 선수들도 경기에서 승리할 때마다 이 노래를 합창하며 기쁨을 만끽했어요. 가장 열심히 부르는 선수는 다름 아닌 레오였어요. 8강에서 네덜란드를 이겼을 때도, 준결승에서 크로아티아를 꺾었을 때도 경기장에는 항상 이 노래 가사가 울려 퍼졌어요. 이제 레오와 아르헨티나 선수들의 앞에는 마지막 한 경기, 결승전만이 남아 있었죠.

상대 팀은 2018년 월드컵 우승팀이자 자타가 공인하는 세계 최강팀 프랑스였어요. 최고의 선수 레오와 최강의 팀 프랑스가 맞붙는 결승전은 전 세계 축구팬들의 이목을 집중시켰어요. 그리고 프랑스에는 4년 전 16강에서 레오에게 패배의 쓴맛을 안겨줬던 PSG의 팀 동료, 킬리안 음바페가 있었죠.

아르헨티나는 결승전에서 레오의 엄청난 활약으로 2-0 리드를 잡았어요. 모두가 아르헨티나의 우승을 믿어 의심치 않던 그 순간, 음바페는 마치 표범처럼 상대 수비를 파고들어 경기를 2-2 원점으로 돌려놨어요. 결승전은 연장으로 접어들었고, 레오는 긴장된 모습으로 승부를 이어가야만 했죠.

연장전에서도 한 골씩을 주고받은 아르헨티나와 프랑스는 결국 승부차기로 우승을 가려내야 했어요. 레오는 아르헨티나의 첫 번째 키커로 나서 침착하게 슈팅을 성공시켰어요. 이번 대회에서 최고의 활약을 펼쳐 온 에밀리아노 마르티네스 골키퍼가 프랑스 선수들의 슈팅을 연거푸 선방했고, 마침내 아르헨티나는 36년 만에 월드컵 정상에 오를 수 있었죠.

레오는 대회 MVP에게 주어지는 골든볼까지 수상하며 라스트 댄스를 성공적으로 마무리했어요. 결승전에서 승리한 뒤에도 동료들과 '소년들이여, 우리의 희망을 다시 높이 들어 올리자'를 열창하는 걸 잊지 않았죠. 레오는 어쩌면 자신과 함께 월드컵 우승의 여정을 함께했던 소년 선수들에게도 줄곧 이렇게 말해왔는지 몰라요.

불가능? 그것은 아무것도 아니야! Impossible is nothing!

나는 FC 바르셀로나에서 겸손함을 배웠다

역대 최고의 축구 선수가 되다

"역대 최고의 선수 논쟁은 이것으로 끝났습니다. 월드컵 우승 트로피가 마침내 메시의 경력에 추가되었습니다. 이제 위업은 달성되었습니다." - 국제축구연맹FIFA 공식 트위터

2022년 월드컵이 막을 내린 뒤 국제축구연맹FIFA은 공식적으로 리오넬 메시를 '역대 최고의 선수GOAT · Greatest of All Time'로 인정한다고 발표했어요. 레오가 마침내 펠레와 마라도나를 뛰어넘는 최고 중의 최고의 선수로 인정받게 되는 순간이었어요.

전 세계 축구인들도 모두가 입을 모아 말했죠. 레오야말로 축구 역사상 최고의 선수임이 틀림없다고. 그럼 레오가 2022년 월드컵에서 수립한 위대한 기록을 어디 한번 자세히 살펴볼까요?

메시, 축구는 키로 하는 게 아니야

리오넬 메시가 2022년 월드컵에서 수립한 기록들

- 월드컵 역사상 최다 경기 출전(26경기)

- 월드컵 역사상 최장 시간 출전(2,314분)

- 월드컵 역사상 최다 공격 포인트(21개, 13골 8도움)

- 월드컵 역사상 최다 승수(17승)

- 월드컵 최초 골든볼 2회 수상(2014, 2022)

- 월드컵 최초 전 라운드 득점 기록(2022)

- 아르헨티나 역사상 월드컵 최다 득점 기록(13골)

- 역대 최초 그랜드 슬램(월드컵 · 올림픽 · 챔피언스리그 우승 및 발롱도르 수상)

나는 FC 바르셀로나에서검손함을 배웠다

인내와 열정, 겸손의 승리
리오넬 메시

레오는 축구 역사상 어떤 선수보다도 많은 팬들의 사랑을 받고 있어요.

단지 축구를 잘해서, 드리블이 화려해서, 득점을 잘해서가 아닐 겁니다. 성장호르몬 결핍을 딛고 일어서기까지의 인내심, 아직도 부족하다고 말하며 연습을 멈추지 않는 열정, 승리의 공로를 동료나 감독에게 돌리는 겸손함, 대스타가 된 이후에도 가족들과 평범하게 지내고 있는 초심이 우리가 레오에게 끌리는 이유일 거예요.

자, 여러분이 레오에게 궁금한 게 있을 거예요.

그 질문에 간단한 답을 다는 것으로 레오와 작별 인사를 나눌까 합니다.

레오가 세운 기록 중 특별한 것 한 가지를 말한다면?

●지금까지 레오는 한 해 최고의 활약을 펼친 선수에게 주어지는 발롱도르Ballon d'Or 상을 무려 7번이나 수상하는 영예를 안았어요. 이는 5번을 수상한 크리스티아누 호날두를 뛰어넘는 역대 최다 수상 기록이에요. 2022년 월드컵에서 마침내 우승을 차지한 레오는 전대미문의 8번째 발롱도르 수상에도 도전하겠다는 당찬 각오를 밝혔어요.

레오의 가족들은 어떤 사람들인가요?

●레오의 가족으로는 아버지 호르헤 오라시오 메시, 어머니 세리나 마리아 쿠치티니와 함께 두 명의 형 로드리고, 마티아스, 그

나는 FC 바르셀로나에서 겸손함을 배웠다

리고 여동생 마리아 솔이 있어요.

2017년 6월에는 어렸을 때부터 친구였던 안토넬라 로쿠소와 함께 결혼식을 올렸죠. 슬하에는 세 아들 티아고(2012년생), 마테오(2015년생), 치로(2018년생)가 있는데, 이 중에서 누가 레오처럼 훌륭한 축구 선수로 자랄지 지켜보는 것도 꽤 흥미로운 일이 될 거예요.

레오 재단이 궁금해요

●세계 최고의 선수로 우뚝 선 레오는 가장 많은 수익을 벌어들이는 축구 스타로 이름을 올리고 있어요.

2022년 유명 인사 자산공개 사이트인 '셀러브리티 넷 워스Celebrity Net Worth'의 조사 결과에 따르면, 레오의 순자산은 무려 6억 6,000만

메시, 축구는 키로 하는 게 아니야

달러(한화 약 8,481억 원)에 달한다고 해요. 2위는 NBA 농구 선수 르브론 제임스, 3위는 레오의 라이벌 크리스티아누 호날두였어요.

레오는 그 돈을 자신만을 위해 쓰지 않고 어려운 처지에 놓인 어린아이들을 돕기 위해 적극적으로 자선 사업을 벌이고 있어요. 역대 최고의 축구 선수로서 타의 모범을 보이고 있는 셈이죠.

나는 FC 바르셀로나에서 겸손함을 배웠다

리오넬 메시를 꿈꾼다면

축구 선수가 되고 싶은데 어떤 길로 가야 할까요?

리오넬 메시, 크리스티아누 호날두, 페르난도 토레스 그리고 손흥민까지. 월드컵이나 챔피언스리그 무대를 누비는 최고의 축구 선수들은 전 세계 어린이들에게 꿈을 심어주는 동경의 대상이에요. 혹시 여러분도 이들처럼 최고의 무대에서, 최고의 플레이를 펼치는 프로축구 선수를 꿈꾸고 있지 않나요? 만약 리오넬 메시 선수의 이야기에 감동받았다면, 그 꿈은 이전보다 좀 더 부풀어 올랐을지도 모르겠네요.

프로축구 선수가 되기 위한 방법에는 여러 가지가 있어요. 우선은 학교 축구부에 가입하거나, 최근 들어 급속도로 늘어나고 있는 유소년 클럽에 가입하여 체계적인 교육을 받는 과정이 필요하겠죠. 혹은 유럽이나 남미의 축구 강국으로 유학을 다녀오는 방법이 있어요. 그 후에는 대학에 진학한 뒤 프로 구단에 입단하는 것이 일반 수순이지만, 최근에는 대학 진학을 포기하고 곧바로 프로 무대로 향하는 경우도 늘어나고 있어요.

자, 이제부터는 어떤 과정을 거쳐야 프로축구 선수가 될 수 있는지 자세히 살펴보도록 해요. 유명 선수들을 예로 들어 다섯 가지 길잡이를 소개할게요.

박주영, 기성용

초·중·고 축구부 가입

축구 유학
↓
프로 데뷔(국내)

메시, 축구는 키로 하는 게 아니야

박지성, 이영표

초·중·고 축구부 가입
↓
대학 진학
↓
프로 데뷔

리오넬 메시

유소년 축구 클럽 가입
↓
프로 데뷔

유소년 선수부터 프로 데뷔까지

축구 선수가 되는 다섯 가지 길

손흥민

초·중·고 축구부 가입
↓
조기 유학
↓
프로 데뷔(해외)

이청용

초·중·고 축구부 가입
↓
프로 구단 스카우트
↓
프로 데뷔(국내)

리오넬 메시를 꿈꾼다면

박지성, 이영표처럼 되고 싶다면

일단 축구부에 들어가야 해요

프로축구 선수가 되기 위한 '가장 평범한 첫걸음'은 현재 다니고 있는 학교의 축구부에 가입하는 거예요. 축구부에 가입하여 전국 리그에서 우수한 성적을 거두고 이를 통해 실력을 인정받을 경우 가장 무난하게 프로 구단 입단의 기회를 얻을 수 있기 때문이죠. 만약 다니고 있는 학교에 축구부가 없다면 축구부가 있는 다른 학교로 전학하거나, 중학교나 고등학교 진학 시 축구부가 있는 학교를 선택하는 것이 좋아요.

지금 당장 축구부 입단 테스트를 통과할 만한 실력이 없다면, 꾸준한 연습을 통해 기본기를 키워야 해요. 혼자 연습하기보다는 가까운 곳의 축구교실에 가입하여 체계적인 교육을 받는 것이 실력을 키우기 위한 좋은 방법이라고 볼 수 있어요. 현재 전국에서 운영하고 있는 사설 축구교실의 숫자는 무려 800여 개 이상에 달한다고 해요. 축구교실에서 실력을 키운 뒤 축구부 입단에 재도전하거나, 혹은 유소년 클럽 소속으로 전국 리그에 참가하는 것도 한 가지 방법이 될 수 있겠죠.

현역 시절 한국 최고의 스타였던 박

지성 선수는 세류초등학교 5학년 때 축구부에 들었어요. 시작이 빠르지 않았고 체격도 왜소한 편이었지만, 재능과 노력으로 한계를 극복한 케이스예요. 6학년 때는 전국대회 준우승을 이끌어내 제5회 차범근 축구상을 수상하기도 했어요. 이후 화성안용중학교와 수원공고에 진학해서도 미키마우스라는 별명을 얻을 정도로 덩치 큰 학생들을 잘 제쳤지만 왜소한 체구 탓에 그리 주목받지 못했어요. 대학팀(명지대학교)으로부터의 러브콜도 또래보다 늦게 받아 힘든 시절을 겪기도 했지요. 이렇게 박지성 선수처럼 뒤늦게 재능이 만개하는 축구 선수들도 드물지 않기 때문에, 타고난 재능 못지않게 강한 의지와 열정이 중요한 것이겠죠?

전국 초중고 축구리그

불과 몇 년 전까지만 하더라도 대한민국 유소년 축구 시스템은 굉장히 폐쇄적인 구조를 갖추고 있었어요. 한 학기에 한 번 치러지는 전국대회에서 16강, 8강, 4강 등의 성적을 올리지 못한 선수는 대학 축구부나 프로 구단으로부터 입단 제의를 받기 어려웠고, 그로 인해 여러 중학교와 고등학교의 축구부는 단지 '이기는 축구'를 목표로 고된 훈련을 반복할 수밖에 없었죠.

대한축구협회는 학원 축구의 이 같은 승부 지상주의를 뿌리 뽑기 위해 지난 2009년부터 '전국 초중고 축구리그'를 출범시켰어요. 이 리그는 6개월 동안 매 주말마다 리그전 방식으로 경기를 치러서 승수가 많은 팀을 골라내죠. 6월에 한 번 열리고, 한 번 지면 끝인 이전의 토너먼트와는 달리 이번에 져도 다음에 잘해 승수를 늘리면 되는 경기 방식이에요. 또한 이 초중고 리그에는 학교 축구부뿐만이 아니라 각 지역의 유소년 클럽들에게도 참가의 문이 활짝 열려 있어요.

초중고 리그가 출범하면서 학교 축구부에 소속된 선수들도 더 이상 수업까지 빼먹어가며 고된 훈련을 견뎌낼 필요가 없어졌어요. 훈련은 방과 후에 정해진 시간에만 소화하고, 주말에는 리그전에 참가하여 이전보다 부담 없이 경기를 치를 수 있게 됐기 때문이에요. 이러한 구조적 변화는 승부에만 집착하는 대한민국 유소년 축구의 '고질병'을 점진적으로 개선시켜줄 것이라는 기대를 갖게 해줘요.

리오넬 메시를 꿈꾼다면

축구 유학을 다녀와야 해요

울산 현대의 공격수 박주영 선수는 어린 시절부터 '엘리트 코스'를 밟았어요. 박주영 선수는 초등학교 시절부터 '축구 천재'라고 불리며 엄청난 주목을 받았고, 고교 진학 후에는 포항 스틸러스 구단의 지원을 받아 1년간 브라질로 유학을 다녀왔어요. 브라질 축구를 경험하고 돌아온 박주영 선수는 한층 성숙된 기량을 선보이며 고려대학교를 거쳐 프로 구단인 FC서울에 입단할 수 있었고, 지금은 울산 현대 소속으로 활약 중이죠.

현재 잉글랜드 뉴캐슬에서 활약하고 있는 기성용 선수 역시 대표적인 '해

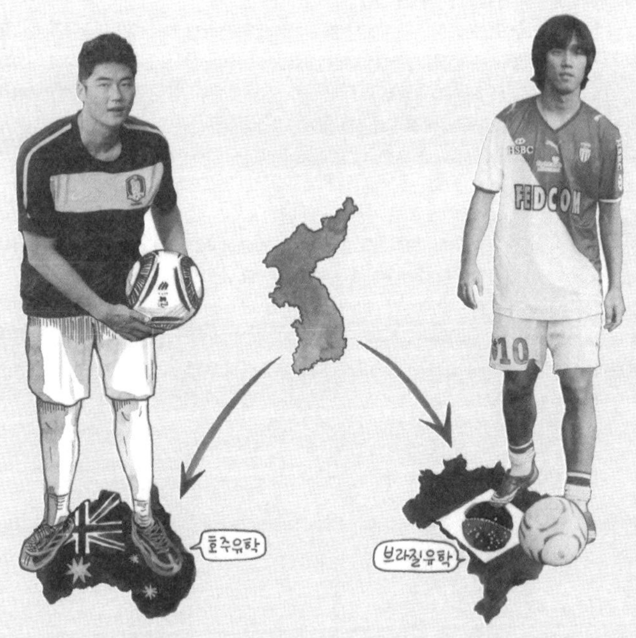

외 유학파'에요. 박주영 선수와 마찬가지로 어린 시절부터 두각을 나타냈던 기성용 선수는 축구계에 몸담고 있는 아버지의 후원을 등에 업고 호주로 유학을 다녀온 바 있어요. 5년 가까이 호주에서 유학 생활을 경험한 덕분에 기성용 선수는 한층 향상된 축구 실력과 빼어난 영어 실력을 동시에 갖추게 되었죠.

이처럼 중·고등학교 시절의 해외 유학은 좋은 환경에서 축구 실력을 키울 수 있다는 점이 가장 큰 매력이에요. 하지만 유학 생활에 들어가는 비용이 만만치 않고, 어린 나이에 타지 생활을 경험해야 한다는 점에서 가족들의 지원과 본인의 강한 의지가 반드시 필요하다고 볼 수 있겠죠. 박주영 선수처럼

우수선수 해외유학 프로그램

여러분은 혹시 대한축구협회(KFA)에서 실시했던 '우수선수 해외유학 프로그램'에 대해 들어본 적이 있나요? 이 프로그램은 2002년 한일 월드컵 이후에 이용수 KBS해설위원의 주도로 시작되었어요. 우수한 기량을 갖춘 젊은 선수들의 해외유학을 축구협회가 지원해주고, 이를 통해 대한민국 축구의 수준을 한 단계 높은 차원으로 끌어올리자는 것이 목표였죠.

이 프로그램은 2002년부터 2009년까지 실시됐어요. 현재 국가대표팀 소속으로 활약하고 있는 지동원, 손흥민, 남태희 등이 혜택을 받았죠. 유학을 다녀온 선수들이 한층 향상된 개인기와 전술 수행 능력을 선보이자 프로그램도 각광을 받았어요.

하지만 아쉽게도 이 프로그램은 지난 2009년을 끝으로 중단된 상태예요. 유럽으로 유학을 떠난 손흥민, 남태희 같은 선수들이 한국으로 돌아오지 않고 유럽의 프로 구단과 계약을 맺고 현지에 남았기 때문이에요. 유학을 떠나기 전 손흥민 선수는 FC 서울 산하의 동북고 축구부에, 남태희 선수는 울산 현대 산하의 현대고에 소속되어 있었는데, FC 서울과 울산 현대는 이적료 한 푼 챙기지 못하고 팀 내 최고의 유망주 선수들을 유럽 구단들에게 내준 꼴이 되었던 거예요.

하지만 지레 겁먹고 축구 유학을 포기할 필요는 없을 것 같아요. 대한축구협회는 차선책으로 '우수선수 해외유학지원 장학금제도'를 내놓았어요. 장학금 지원 대상자로 선발될 경우 매월 100만 원 정도의 장학금을 지원받을 수 있다고 해요.

이 제도의 '1기 멤버'로 대표적인 선수가 스페인 FC 바르셀로나에 몸담은 뒤 지로나 FC로 이적했던 백승호 선수예요. 지금은 전북 현대 모터스에서 활약 중인 백승호 선수가 리오넬 메시에게 직접 지도받는 사진이 공개되기도 했었죠. 만약 '제2의 백승호', '한국의 리오넬 메시'를 꿈꾸고 있다면 이 장학금 제도를 목표로 열심히 훈련에 매진해보세요. 꿈은 반드시 이루어지는 법이니까요.

리오넬 메시를 꿈꾼다면

남다르게 두각을 나타내지 않고서는 프로 구단의 후원과 같은 혜택을 기대하기 어려운 부분도 있고요.

하지만 최근 들어서는 축구 유학을 떠날 수 있는 길이 이전보다 넓어지고 있는 추세예요. 아쉽게도 2002년부터 실시해온 대한축구협회의 '우수선수 해외유학 프로그램'은 지난 2009년을 끝으로 중단된 상태지만, 그 대신 '우수선수 해외유학지원 장학금제도'가 신설됐답니다. 또 홍명보 감독이 운영하는 '홍명보장학재단'에서는 가정 형편이 어려운 선수들에게 유학 기회를 제공하기 위한 '우수선수 브라질 유학 프로그램'을 따로 운용하고 있어요.

따라서 가정 형편이 여의치 않더라도 훌륭한 축구 실력과 강한 의지만 갖고 있다면, 해외 축구 유학을 향한 문은 언제든지 열려 있는 상태예요.

3 리오넬 메시처럼 되고 싶다면
유소년 클럽에 가입해야 해요

최근 들어 유럽이나 남미의 명문 구단에서 체계적인 교육을 받기 위해 조기 유학을 떠나는 사례가 늘어나고 있어요. 위에서 살펴본 바와 같이, 여전히 학원 축구 시스템에 의존하고 있는 우리와 달리 유럽이나 남미에서는 프로 구단으로부터 과학적이고 체계적인 교육을 받을 수 있기 때문이죠. 리오넬 메시 역시 FC 바르셀로나 구단의 과학적인 육성 시스템이 만들어낸 '최고의 작품'으로 손꼽히고 있어요.

클럽 축구 시스템이 정착될 경우 축구 선수를 꿈꾸는 어린이들은 지금보다 쉽게 축구를 배울 수 있고, 또 유소년 선수로서 활동할 수 있다는 점에서 활동 영역이 크게 넓어지게 돼요. 숫자가 많지 않고 입단 기회도 제한되어 있는 학교 축구부와 다르게, 지역 유소년 클럽의 경우 문호가 훨씬 개방되어 있으니까요. 다행히 최근 국내에서도 초등학생들을 대상으로 한 유소년 클럽의 숫자가 꾸준히 늘어나고 있고, 중등부나 고등부 팀 역시 조금씩 늘어나는 추세라고 해요.

만약 중등부나 고등부 팀의 숫자가 늘어나고 전국 리그에서의 성공사례가 생겨날 경우 뒤늦게 축구 선수를 꿈꾸기 시작한 청소년들에게도 보다 쉽게 기회가 열리겠죠? 명문 학교 축구부나 K리그 산하 팀에 입단하기는 어렵더라도, 지역 팀 소속 선수로 활동할 수 있을 테니까요. 축구 선수를 꿈꾸고 있지만 학교 축구부에 가입하기가 어렵다고요? 지금 당장 가까운 곳의 유소년 클럽에 가입해보세요.

리오넬 메시를 꿈꾼다면

4 이청용처럼 되고 싶다면
프로 구단으로부터 스카우트를 받아야 해요

이제 프로축구 선수가 되려면 어떻게 첫걸음을 내딛어야 하는지 어느 정도 감이 잡혔나요? 다니고 있는 학교의 축구부에 가입하거나 유소년 클럽 소속으로 전국 리그에 참가하여 선수로서 실력을 쌓아나간다면, 누구든지 프로 선수가 되는 기회를 부여받을 수 있어요. 또 보다 좋은 환경에서 실력을 쌓고 싶다면 유럽이나 남미, 혹은 호주로 축구 유학을 다녀올 수도 있겠죠. 이를 위해서는 대한축구협회의 '우수선수 해외유학지원 장학금제도'나 홍명보장학재단의 '우수선수 브라질 유학 프로그램' 등을 활용할 필요가 있고요.

조금 드문 사례이긴 하지만 위의 세 가지 방법 외에도 프로축구 선수가 될 수 있는 길이 있어요. 아마도 울산 현대 소속의 이청용 선수가 가장 대표적인 '예외 사례'일 거예요. 이청용 선수 역시 도봉중학교 축구부 소속으로 활동한 바 있지만, 고등학교 축구부를 거치지 않고 열여섯 살의 어린 나이로 FC서울에 입단(중학교 중퇴)했던 독특한 경력을 갖고 있기 때문이죠.

이처럼 이청용 선수가 어린 나이로 프로 구단에 입단할 수 있었던 이유는 조광래 감독의 '영재 발굴 프로젝트' 덕분이었어요. 당시 FC서울의 지휘봉을 잡고 있던 조광래 감독은 어린 선수들을 일찍부터 육성하기 위해 중학생 유망주들을 적극 스

카우트했고, 이청용 선수 역시 그중 한 명으로서 FC서울에 입단하게 된 거예요. 조광래 감독은 이청용 선수의 경기를 단 10분만 보고 프로 계약을 결정했다고 하는데, 그만큼 이청용 선수의 천재성이 뛰어났다고 할 수 있겠죠.

여러분도 소속 팀에서 좋은 기량을 보여준다면 뜻밖의 멋진 기회가 찾아올 거예요. 지금도 어디선가 프로 구단의 스카우터나 지도자들이 '제2의 이청용'을 찾아 헤매고 있을지 모르니까요.

K리그 산하의 유소년 클럽

이청용 선수처럼 어린 나이에 프로 구단의 2군 소속이 되기란 결코 쉬운 일이 아니지만 속성 코스도 있답니다. 프로 구단 산하의 고등학교 축구부가 유스 팀의 기능을 담당하는 새로운 시스템을 활용하는 것인데요. 예를 들어 FC서울 산하에 있는 동북고등학교의 축구부 소속으로 활동하게 되면 FC서울의 프로그램에 맞춰 체계적인 교육을 받을 수 있고, 나중에는 FC서울 입단 기회까지 얻게 되는 시스템이죠. 이는 우리나라도 학원 축구와 클럽 축구 시스템이 융합되고 있다는 긍정적인 신호인데요. 현재 K리그에 소속되어 있는 22개 프로 구단들 가운데 16개 구단이 16개 고등학교에 산하 유스 팀을 두고 있고, 이 16개의 고교 팀은 나머지 6개 U-18 팀과 함께 'K리그 주니어'에 참가하여 우승을 놓고 다투게 돼요. 이 리그는 '전국 고등 축구리그'보다 수준 높은 대회로서 K리그 산하 팀들의 뛰어난 경쟁력을 대변해주고 있어요.

따라서 K리그 산하의 고등학교 축구부에 가입하는 것은 프로 데뷔의 꿈에 한 걸음 가까이 다가서는 것과도 같아요. 물론 이를 위해서는 중학교 축구부나 지역 유소년 클럽의 중등부에서 빼어난 기량을 선보여야겠지만요. 참고로 K리그 주니어에 참가하는 22개의 K리그 산하 팀 목록은 아래와 같아요.

A조	B조
* FC서울 : 오산고등학교 축구부	* 전북현대 : 전주영생고등학교 축구부
* 성남FC : 풍생고등학교 축구부	* 경남FC : 진주고등학교 축구부
* 강원FC : 강릉제일고등학교 축구부	* 대구FC : 현풍고등학교 축구부
* 수원삼성 : 매탄고등학교 축구부	* 부산아이파크 : 개성고등학교 축구부
* 인천UTD : 인천대건고등학교 축구부	* 울산현대 : 현대고등학교 축구부
* FC안양 : 안양공업고등학교 축구부	* 전남드래곤즈 : 광양제철고등학교 축구부
* 제주UTD : 제주UTD U-18	* 포항스틸러스 : 포항제철공업고등학교 축구부
* 서울이랜드 : 서울이랜드 U-18	* 광주FC : 금호고등학교 축구부
* 수원FC : 수원FC U-18	* 상주상무 : 용운고등학교 축구부
* 부천FC : 부천FC U-18	* 대전시티즌 : 충남기계공업고등학교 축구부
* 안산그리너스 : 안산그리너스 U-18	* 아산무궁화 : 아산무궁화 U-18

리오넬 메시를 꿈꾼다면

5 손흥민, 이강인처럼 되고 싶다면
조기 유학을 떠나야 해요

지금 대한민국에는 '축구 조기 유학 열풍'이 불고 있다고 해도 과언이 아니에요. 손흥민 외에도 이강인, 백승호, 이승우, 정우영 등 국가대표팀 소속으로 활약하고 있는 여러 젊은 선수들이 '유학파'라는 사실이 알려지면서부터 이러한 열풍은 더욱 거세지고 있어요. 위에서 살펴본 바와 같이 대한축구협회의 후원을 등에 업고 유학을 떠날 수 있는 '우수선수 해외유학지원 장학금 제도'가 마련되어 있다는 점도 그 이유 중 하나일 거예요.

유학을 떠난 뒤 국내로 돌아오지 않고 그대로 해외에서 성공하는 사례도 늘고 있어요. 역시 잉글랜드 토트넘 홋스퍼 소속으로 활약 중인 손흥민 선수가 가장 대표적이겠죠. 손흥민 선수는 2021-2022 시즌 잉글랜드 프리미어리그 득점왕에 오르며 세계적인 공격수로 자리매김했고, 그 뒤를 이어 이강인(마요르카)과 정우영(프라이부르크) 등의 신예 선수들이 성공 시대를 준비하고 있어요. 이 선수들이 '롤 모델'로 자리 잡고 있는 만큼, 이러한 조기 유학 열풍은 당분간 수그러들지 않을 전망이에요.

축구 유학을 떠나기에 좋은 나라들

세계적인 축구 강국 하면 어떤 나라들이 떠오르나요? 월드컵의 영원한 우승 후보 브라질, 리오넬 메시의 아르헨티나, 유럽 최강팀 프랑스, 축구 종주국 잉글랜드와 독일, 스페인, 이탈리아, 네덜란드까

메시, 축구는 키로 하는 게 아니야

지. 유럽과 남미의 주요 국가들이 머릿속을 스쳐 지나가고 있을 거예요.

우리나라에서 가장 이상적인 축구 유학지로 주목받았던 곳은 본래 브라질이었어요. 브라질이 세계 최강으로 주목받아 왔을 뿐 아니라, 브라질 선수들의 우수한 개인기를 배워올 경우 힘과 체력 위주의 한국 축구에 변화를 가져올 것이란 기대감이 컸기 때문이죠. 하지만 최근에는 브라질 이외에도 세계 최고의 빅 리그인 프리미어리그를 보유한 잉글랜드를 비롯해, 독일과 스페인, 그리고 프랑스 등이 이상적인 축구 유학지로 각광받고 있어요.

특히 스페인의 경우 백승호 선수가 FC 바르셀로나에 입단하면서부터 점차 문호가 개방되고 있어요. 스페인 프로 구단의 선수 육성 시스템은 체계적이고 과학적이기 때문에 더욱 관심이 뜨겁죠. 유럽과 남미의 스타일을 적절히 겸비하고 있는 스페인 축구의 스타일이 최근 들어 각광받고 있는 만큼, 어쩌면 스페인은 가장 이상적인 축구 유학지일 수도 있어요.

이외에도 기성용 선수가 유학 생활을 했던 호주 역시 좋은 환경을 갖추고 있어요. 호주는 세계적인 축구 강호로 분류하기엔 무리가 있는 나라지만, 어린 선수들이 영어를 배우며 축구 실력을 키워나가는 데 잉글랜드 못지않은 좋은 환경을 갖추고 있다고 전해져요. 그 밖에 최근에는 이탈리아의 명문 구단 AC 밀란이 '호주 유소년 축구 캠프'를 아시아 지역에서 운용하고 있어요. 짜임새 있는 이탈리아 축구를 배우는 동시에 호주에서 영어 교육까지 받을 수 있다고 하니 그야말로 '일석이조'일 수 있겠죠?

리오넬 메시를 꿈꾼다면

축구 역사를 빛낸 전설의 영웅 4

리오넬 메시는 자타가 공인하는 세계 최고의 축구 선수예요. 메시 이전에는 펠레, 마라도나, 호나우두, 지단과 같은 선수들이 최고의 자리에 오르며 전성기를 누렸죠. 축구 역사를 빛낸 전설의 영웅들은 과연 어떤 선수였는지 한번 만나보도록 해요.

'축구 황제' 펠레

1940년에 태어난 펠레는 어린 시절부터 천재 소년으로 주목받았어요. 키는 170센티미터로 크지 않았지만, 공격수가 갖춰야 할 모든 능력을 높은 수준으로 겸비하고 있었죠. 양발로 능숙하게 공을 다룰 줄 알았고, 작은 키에도 불구하고 헤딩에 매우 능했어요. 가장 난도 높은 축구 기술 중 하나인 오버헤드킥 역시 펠레가 유행시킨 기술이라고 해요. 펠레는 브라질의 명문 구단 산토스를 세계 최강의 팀으로 성장시켰고, 브라질 대표팀을 무려 세 차례나 월드컵 우승으로 이끌었어요. 이 기록은 아직도 무너지지 않은 불멸의 대기록으로 남아 있어요. 메시가 과연 펠레의 높은 벽을 넘어설 수 있을지 기대해보죠.

'그라운드 위의 감독' 요한 크루이프

1947년에 태어난 요한 크루이프는 펠레가 은퇴한 직후 세계 최고의 선수로 주목받았어요. 1970년대 당시 네덜란드는 '토털 풋볼'이란 혁명적인 전술을 들고 나와 세계 최강의 팀으로 떠올랐는데, 그 팀의 에이스가 바로 크루이프였죠. 크루이프의 포지션은 최전방 공격수였지만, 미드필드와 수비를 가리지 않고 자유롭게 누비고 다녔기 때문에 '토털 풋볼의 혁명가'로 불렸어요. 그는 강한 리더십을 앞세워 팀 전체를 진두지휘하는 그라운드 위의 감독이기도 했어요. 1974년에는 네덜란드를 월드컵 준우승으로 이끌었고, 아약스의 챔피언스리그 3연패를 주도했어요. 소속팀 FC 바르셀로나에서도 한 차례 리그 우승을 차지했죠. 오늘날까지 크루이프는 FC 바르셀로나 역사상 최고의 선수로 꼽히고 있어요.

'축구 신동' 디에고 마라도나

1960년생 마라도나는 펠레의 뒤를 잇는 세계 최고의 축구 선수예요. 브라질의 펠레와 아르헨티나의 마라도나 중 누가 더 뛰어난 선수인지에 대한 논쟁은 아직도 끊이지 않고 있을 정도죠. 마라도나의 포지션은 공격수였던 펠레와 다르게 공격형 미드필더였어요. 때문에 펠레만큼 많은 골을 기록하진 못했지만, 그 대신 경기 전체를 지배하는 엄청난 카리스마를 갖추고 있었죠. 또 마라도나는 오른발잡이였던 펠레와 반대로 왼발잡이였어요. 마라도나는 '황금의 왼발'을 앞세워 드리블, 패스, 슈팅을 능숙하게 구사할 수 있었죠. 마라도나는 1986년 월드컵에서 우승을, 1990년 월드컵에서 준우승을 차지했고, 이탈리아의 나폴리를 1987년과 1990년에 세리에 A 우승으로 이끌었어요.

'아트 사커'의 대명사 지네딘 지단

1972년생 지네딘 지단은 1990년대 후반부터 2000년대 중반까지 세계 축구를 지배했던 전설의 영웅이에요. 지단은 1998년 월드컵에서 프랑스를 사상 첫 우승으로 이끌며 스타덤에 올랐죠. 미드필드에서 팀 전체를 지휘하는 사령관이었던 지단은 가장 아름답고 예술적인 플레이를 펼치는 것으로 유명했어요. 맨체스터 유나이티드 퍼거슨 전 감독이 "지단은 축구를 예술의 경지로 승화시킨 최고의 예술가다."라는 극찬을 아끼지 않았을 정도예요. 지단은 레알 마드리드에서도 팀을 챔피언스리그 우승으로 이끌었고, 2006년 월드컵 준우승을 끝으로 현역에서 은퇴했어요.

축구, 이것만은 알고 봐요!

한국 축구를 빛낸 전설의 영웅 4

우리나라에도 축구 역사를 새로 쓴 전설들이 있어요. 독일에서 차붐을 일으킨 차범근 해설위원과 진돗개 허정무 감독은 80년대를 휩쓴 축구 스타였어요. 지금은 선수들의 조련사로 활약하고 있는 황선홍과 홍명보 감독도 각각 공격과 수비수로 이름을 날렸죠.

'차붐' 차범근

1953년에 태어난 차범근은 대한민국 축구의 부흥기를 이끈 전설의 축구 영웅이에요. 특히 독일 분데스리가 무대에서 맹활약하며 대한민국의 이름을 알리는 데 커다란 공헌을 했죠. 차범근은 독일에서 '차붐'이란 애칭으로 불렸는데, 그 이유는 차범근의 '차범(Cha-Bum)'을 독일어로 읽으면 차붐으로 발음됐기 때문이에요. 차범근은 폭발적인 스피드와 지칠 줄 모르는 체력으로 독일 무대에서 크게 주목받았어요. 프랑크푸르트의 1980년 UEFA컵(유럽축구연맹 주관. 유럽에서 가장 우수한 축구 클럽끼리 벌이는 최고의 축구 대회) 우승과 1981년 포칼(Pokal, 독일축구협회에서 주관하는 축구 대회) 우승을 이끈 뒤 바이어 레버쿠젠으로 이적하여 1988년에 다시 한번 UEFA컵 우승 트로피를 들어 올렸어요. 1986년 대표팀에 합류해 월드컵에 참가하여 마라도나와 실력을 겨루기도 했답니다.

'진돗개' 허정무

1980년대 대한민국 대표팀 공격에 '차붐' 차범근이 있었다면, 수비에는 '진돗개' 허정무가 있었어요. 1955년생인 허정무는 네덜란드 PSV 아인트호벤 소속으로 활약하며 차범근과 함께 대한민국의 이름을 유럽에 알리는 데 크게 공헌했죠. 허정무의 포지션은 수비형 미드필더였는데, 상대 선수를 끈질기게 물고 늘어진다 해서 '진돗개'란 별명으로 불렸어요. 1986년 월드컵에선 마라도나를 거칠게 마크하며 악명을 떨치기도 했죠. 마라도나와 허정무는 2010년 월드컵에서 감독으로 다시 만났는데, 마라도나가 허정무 감독의 이름을 똑똑히 기억해 화제를 불러 모으기도 했어요.

'황새' 황선홍

1968년생인 황선홍은 1990년대를 휩쓴 대한민국 최고의 스트라이커 중 한 명이에요. 긴 다리와 '황'이라는 성 때문에 '황새'라는 애칭으로 불렸죠. 황선홍은 대한민국을 넘어 아시아에서도 최고로 인정받는 최고의 공격수였지만, 가장 불운한 스타이기도 했어요. 1994년 월드컵에서 수많은 기회를 날려버리며 부진을 겪었고, 4년 뒤 1998년 월드컵에는 부상 때문에 참가하지 못했기 때문이에요. 결국 황선홍은 서른네 살의 나이로 참가한 2002년 월드컵에서 대한민국을 4강으로 이끌며 뒤늦게 한풀이를 할 수 있었어요. 위치 선정과 움직임이 워낙 탁월하고 슈팅 기술도 뛰어났기 때문에 아직까지도 대한민국 축구 역사상 최고의 공격수 중 한 명으로 평가되고 있어요.

'리베로' 홍명보

1969년생인 홍명보는 황선홍과 함께 1990년대부터 대한민국 대표팀을 지탱해 온 한국 축구의 대들보와 같은 존재예요. 1990년 월드컵부터 2002년 월드컵까지 무려 4회 연속으로 월드컵에 출전하는 기록을 남겼는데, 이는 아시아 선수로서는 역대 최초였다고 해요. 홍명보는 수비수였지만, 최후방에서 팀 전체를 진두지휘하는 '리베로'이기도 했어요. 리베로는 1970년대 독일 축구의 전설 베켄바워의 별명으로 유명했는데, 이탈리아어로 '자유인'이란 뜻을 갖고 있어요. 홍명보는 후방에서 수비진을 이끌다 기습적으로 공격에 가담하여 득점을 올리는 플레이에 능했어요. 은퇴 후 대한민국을 넘어 아시아 역대 최고의 선수 중 한 명이란 평가를 받고 있어요.

축구, 이것만은 알고 봐요!